坊守の四季

女住職のさきがけ・俳人凡女

尼子かずみ

郁朋社

大好きな臘梅の前で

坊守の四季／目次

※著名な俳人は俳号で、他の登場者は全て仮名です。
※この一書を、母凡女二十七回忌記念として仏前にお供えします。

坊守の四季

打水

打水や法衣をぬぎて母となり　　凡女

亡き母（夫の母）の俳句を思う時、まっ先に私の口から出てくる一句である。

母は三歳で生母と死別し、叔父が住職を務める、この真宗大谷派福円寺の養女となった。一人娘として、割に恵まれた環境で育てられ、長じて夫を迎え寺の坊守になった。

母は明治三十八年（一九〇五）生まれで、俳号を凡女という。

元総理大臣が年齢を聞かれて、

「私は明治三十八歳です」

と、笑顔で答えていたが、母もよくこの言葉を借りていた。母は誰もが認める美人で、才女だった。

昭和三十七年（一九六二）に、私がこの寺の後継者の妻となり、凡女俳句とおつき合いすることになったのである。

母の第一句集『小春日』の中で〝打水や〟に触れたとき、私は思わず「いいなあー」と、うならせられた。この一句が、それまでの母の生活すべてを、象徴していると感じたからだった。

母が夫（前々住職）に先立たれたのは、昭和二十年（一九四五）一月、まさに敗戦という大嵐がおそいかかろうとしていた。母は、末娘を出産して九日目の産褥にあった。夫である住職は体調をこわして、病名もはっきりしないまま奥座敷に臥している。夫の病が急変して、誰かに支えられながら奥へ向かう寝まき姿の母を義姉は見ている。

満三十八歳の母のもとには、六人の子供と女性老人二人が残された。

「お父ちゃんが亡くなってほんとうに悲しかった」

時々、私にもらすことがあったが、「そうかしら」と言いたくなる程、明るく強い母である。

「子供と年寄りを、どうやって養っていこうかと思うと泣いている暇はなかったよ」

この言葉には私も深くうなずかされた。

母には、もう一つ大事な仕事があった。それは、先祖から受けついだ寺を、守りぬくことだ。当時、住職なき寺では代務者という立場の母だが、実質は女住職である。この仕事こそが母の生きる道であり、唯一、家族を養う手段でもあった。

「夫を亡くして、苦難の道を無事に過ごし得ましたのは、私に仏様と俳句があったからだと思います」

第一句集のあとがきに記されている一節。

母の苦労はこれ以上どう表現しても言いつくせないだろう。

昭和二十二年（一九四七）、誘われるままにはじめた俳句の世界は、母の日暮らしの応援歌となり、彼女の持てる才能を開花させる。

「お父ちゃんがいないから、子供達は明るく育てようと思って、私はほがらかに、ほがらかに努めたのよ」

そんな母にも、私がほろっとさせられる句が、わずかばかりある。

耐へてきし仏仕へや木の葉髪

侘しさに炭を豊かにつぎにけり

あまりぐちをこぼさぬ母だったが、あらぬ中傷を受けた悔しさを、私に語ったことがある。「だからこんな句ができたのよ」と口にしたのが次の句だ。

寺なるが故の悲しさ炉辺に堪ゆ

その時、母の中に一気にこみ上げるものがあって、語尾を涙と一緒に呑み込んだようだった。

それ以来〝寺なるが故の悲しさ〟は、私の空んじる一句となった。耐えることの多かった母の一連の句に、坊守の品格がただよってくるのを、私は味わっている。

母が亡くなった平成三年（一九九一）、俳句のお弟子さん達を中心に、句碑建立の話が持ち上がった。私の脳裏に〝打水や〟が浮かんだ。夫も同様だったが。

享年八十七歳。亡くなる二か月前まで句作を続けた母だ。碑には第二句集『月愛《がつあい》三昧《さんまい》』の一句が刻まれることとなった。

月の萩雨の萩とて寺に住む

ことのほか冷たい冬だったが、今日は彼岸の入りだ。境内の句碑の辺りには、そろそろ夏萩の新芽が顔を出しはじめるだろう。

（二〇〇八年　三月）

※母のかたみの夏萩は、三十年以上前、母が名古屋の寺から一株持ち帰り、増殖させたもの。六月頃大きな花が咲き、秋には小粒の花が咲く。

夏萩

萩の芽の吹かれるほどに伸びて来し　　凡女

この四月、寺に『坊守会だより』が届いた。真宗大谷派日豊教区（豊前豊後地区）の坊守会結成五十周年を迎えた特集号である。表紙に「第一回坊守研修会」（昭和三十五年）の記念写真が堂々とかかげられ、その中に母がいた。

読み進むと、教区坊守会初代会長として母の名が紹介されていた。〝想い出のスナップ〟二十枚の中に母が四回も登場している。なんと昭和四十年（一九六五）、当時我が家にいた老犬アミーまで番人のように母の膝もとに納まっているではないか。おばあちゃん子だった私の長男は、目を輝かせながら、自分が生まれる前の若き日の祖母を確認している。若坊守も祖母の活躍ぶりに興味津々……この話題で夕餉は賑わった。

五月半ば、私は四日市東別院で開催される坊守研修「百人の集い」に出かける。二日目、いかにも難しそうな「女性室公開講座」の時間がもうけられた。本山教学研究所Yさんの講議が始まった。

自己紹介によると、彼女に与えられた仕事は、寺院に於ける女性の歴史で、本山に残されている数百年にわたる資料を、時代ごとに丹念に調べる。そして、寺に身を置いた女性達が、どのように暮らしたのか、実態をさぐるのだ。

レジュメをめくって目に飛び込んだのは、〝女子検定合格者得度記念〟(昭和十九年五月十三日)の写真である。京都東本願寺阿弥陀堂前で、法衣を着けた坊守さん達が百人以上いるだろう。

「この中にお母さんがいる!」

私の眠気は、ふっ飛んだ。前列は大豆つぶ、後方へいくほど米つぶくらいと、小さくなるばかりで母の面影に出遇えない。

スクリーンに、写真と受験者名が拡大されて流れる。文字ははっきり読めたが、母の名は無かった。なぜだろう。彼女は身重で上山し、周囲にいたわってもらったと語っていたが……。母は昭和二十年（一九四五）一月四日に末娘を出産している。逆算すると、写真の日付昭和十九年（一九四四）五月十三日は妊娠二，三か月ということになる。


Yさんは私達に問いかける。

「この時代、女性が何日も家を空けて京都へ上ってくる。このこと一つだけでも先輩達はすごいと思いませんか」

さらにYさんはお伺い書の実例を示した。

明治十二年のこと、一人の女性が浄土真宗に帰依し、本山の学校で学び、得度して生涯尼僧として務めたい。

このお伺い書は、却下される。

昭和十七年（一九四二）、一転して女性に僧侶になるための検定試験が許された。男性僧侶がどんどん戦地に赴き、寺の運営上必要に迫られたのである。僧侶資格は与えるが、あくまでも代務者で正式な住職ではない。

昭和二十年（一九四五）一月に、住職が病死した我が家の実態に思いをはせる。母は門徒さんの葬儀の導師になれず、近隣の住職に依頼する。お布施は導師のものだ。葬儀の後の七日参り・法事・月命日参りが母の主な勤めである。報恩講・永代経法要の収入がボーナスといったところか。それに、仏様への御供物を頂戴して、母は寺院運営と大家族の生活をやりくりした。

坊守研修から帰宅後、私は凡女の第一句集のあとがきを読み返してみた。

……（略）。不幸中の幸いとでも申しましょうか。昭和十九年十月、本山が女子に許されました教師検定試験に合格し、住職の資格を得ていましたので、主人の亡きあと寺を守りつつ子供を養育してまいりました。（略）

母の上山は、昭和十九年（一九四四）十月と判明した。僧侶ではなく住職の資格、と記しているところに、彼女の並々ならぬ覚悟が私に伝わってくる。

長年、読経で鍛えられた母の声は、女性らしからぬ、たくましいものになった。その大きな日常会話の声が耳にひびいて、私は時々「耳栓が欲しい」と思ったりもした。「やかましかった母の念仏が、死んでしまうと、いつも聞こえてきて、身にしみて有り難い。念仏が生きてきて下さる」

と、私の夫は法話の中で語っている。

私も夫に死なれてやっと、母の大声の念仏が耳ではなく身に響くようになってきた。夏休みには、母の十七回・夫の七回忌を孫達と賑やかに勤めよう。

萩咲かせ一坊守として悔いず　　凡女

盆参り

夏山の檀家五十戸盆供養　　凡女

八月に入ると盆参りがはじまる。住職と私とで、盆中に全門徒さんを廻ることになっている。

一山越えた山間部の旧S村（現中津市）一帯に、ご門徒の家がある。道に沿って緑の水田また水田で、私はここが天領・米どころだとあらためてうなずきながら車を走らせる。

「水月《すいげつ》」「咄《はなし》」「小河内《おこち》」「辺割《へわり》」等の小字名は、まるで「日本昔話」の世界だ。現在は過疎化が進み四十戸になってしまった。取っかかりの家までは寺から十七キロだが、そこから上り下りご門徒は散らばる。この地を二日がかりで済ませると、張りつめた気分がややゆるむのだ。

昭和二十年（一九四五）、母は乳飲み子を背負い、S村へ徒歩で山越えした。二泊三日の盆参りである。小学校六年生だった私の夫が、子供用の衣を持ってお供をしたという。

母がよく語っていた。最初の家に着くと、おばちゃんが背中の子を抱き取り、足を濯ぐ桶をすすめる。袋の中からきれいな足袋を取り出し、汚れたのと取りかえて仏間に座る。ホッとして泣けてくる。

「奥さんが、どうしてこんな目に遇わんとならんのじゃろうかなあ」

と、おばちゃんも一緒に泣いてくれた。

読経は五分七分盆供養　　凡女

阿弥陀経を超特急で上げる。そして、久しぶりに逢ったおばちゃん達とのおしゃべりもはずむ。次の家へと、母の足はどんどん速くなっていったことだろう。

当時の御布施は農作物も多く、それは母の食料調達を大いに助けてくれた。

「下さる物は何でも、欲と一緒に持って帰ったものよ。ハハハ……」

私の夫は頂き物を風呂敷につつみ、振り分けにかついで歩く。当時は、カボチャが常備食として台所に並び、子の弁当箱にはカボチャが七切れコロコロしている時代だった。

帰り道、峠で腰を下し「いい眺めだね」と口々に言いながら一息入れる。すると、母は袋の中から小さな手帳を出し、鉛筆をなめながらメモを取る。彼女は、生来読書好きで日記をつけたり、短歌を詠んだりする文学少女だったらしい。この母の姿に影響を与えられて、夫は文学に興味を持ち、後に詩作にふけるようになったと聞いた。

この夏の暑さはすごかった。私がお経を上げていると、髪先から白衣の衿に向かって汗がボトボト落ちた。

「お母さんのお盆参りの頃は、こんなに暑くなかったでしょう?」と、私。

「いやいや、今のようにクーラーや扇風機は無かったよ。扇子であおぎながら、お経は上げられんしね」と、母。

「あ、そうか」私。

「あんたは車でスーッと行けるけど、私は一軒一軒歩いたのよ」母。

「仰せの通りです」私。

「それに、あんたは赤ん坊を負うてないじゃないの」母。

「でも、お母さんの歩んだ坊守業を、ずっしり背負っていますよ。重いものですね」私。

「しっかりね」母。

「それにしてもお母さん、いま私が浴びている山・森・田んぼ一ぱいの緑……。読経続きでかすむ目を洗ってくれますね。何だか、この世がよく見えてきます」私。

「自然は昔と変らず、すばらしいでしょう?」母。
〝ホーホケキョ〟
ふいに鶯が鳴いた。
「おやおやお母さん、鶯は涼しそうですね」
私は、冷房のききはじめた車を走らせ、S村の峠を下っていた。
(二〇〇九年　八月)

宛名書き

読む時ももの書く時も春炬燵　　凡女

半世紀も前になる。私が寺に嫁いで、はじめての年が明け、報恩講が近づいていた。その日、なぜか私は母の部屋にいた。古い庫裡《くり》の六畳間は南向きで、晴れた日は冬日が部屋一ぱいに入り込む、母の元気が生まれ出る空間だった。

二人は炬燵に膝を入れて、くつろいでいたが、しばらくして母が封筒に宛名書きをはじめる。報恩講の案内状だ。何処にいたのか、夫が部屋に入ってきて、書くのを手伝ったらとうながす。しぶしぶ私は筆を持つ。一枚書いて傍らに置くと、母はすぐ手に取って、ぐーんと腕を伸ばし、目を細める。

「何か変だね」

デカい声、ズキンとして「そら、来た」と私の胸は荒波だ。お母さんの前では、筆字は書かない。この時決めた。母の方も、これじゃ書かせられないと思ったに違いない。

その頃の私は、母の字が特に秀でているとは感じなかった。私にとって、最もよい字は「書き方」のお手本だったから。

時が流れて、長女が学校で書いた習字を持ち帰るようになると、母のアドバイスがはじまる。一方的にしゃべるおばあちゃんに圧倒されて、娘も私も聞き流すばかり。するると、母の思い出話が出てくる。

「女学校の時、おばあちゃんの書を天皇陛下が御覧になったのよ」

一九二〇年（大正九）、大分県宇佐平野で陸軍大演習が行われた際、昭和天皇（当時摂政）が宇佐神宮に参拝された。高等女学校で選ばれ、母の書が神宮特設会場に掲げられて、評判になる。学校の廊下を歩いていると、下級生から「御台覧《ごたいらん》の人、御台覧の人」と囁かれたという。私は「またお母さんの自慢話がはじまった」と、ひねて聞いている。

母は寺に育ち、幼い頃から先祖やお客僧の書に触れて成長した。住職として、過去帳はもとより、法要の書き出し（看板）に太字で腕をふるう。俳人だから、先達の墨跡を鑑賞する機会も多い。キャリアが、私とはまるで比較にならないのだ。母が生まれ持ったものもあるだろう。

母の書を私なりに味わってみると、一見して男性的だ。何よりも、一字一字の線にカチッと芯が通っているのが母らしい。

月の萩雨の萩とて寺に住む　　凡女

この句は、色紙を拡大して境内の句碑に刻まれた。十八年間眺めているが、飽きが来ないのは、老境の静けさを抱いてたっているからか。それとも私の身びいきというものだろうか。

やがて、句碑の前で夏萩の新芽がゆらぎはじめると、首をかしげたような落款《らっかん》が見え隠れする。紋白・紋黄・やまとしじみ・しおからとんぼ等が遊びにくる。地面に近い株の中で七星てんとう虫が、かくれんぼをする。

この寺で、おばあちゃんと暮らした三人の子等は、いま子育てに奮闘している。あの頃、

「おばあちゃんは字が上手だね。教えて貰いなさい」

と、私が口にしていたら、母の笑顔がはじけていただろう。そして、達筆な子等を育ててくれたかもしれない。

母が去り、夫が逝って宛名書きは私の役目になった。七、八年書き続けているが、母の域にはとてもとても……脱帽。

この頃、手首に痛みが走る。この辺で、宛名書きは若坊守にバトンタッチしよう。

夏萩に貴婦人のごと揚羽蝶　　凡女

萩の日々心さだまる齢得し

（二〇〇九年　二月）

句碑の前の夏萩（秋の小粒な二番花）

素十《すじゅう》の横は誰

近くに「響山《ひびきやま》」という小高い山がある。

春になると、生きのいい鶯の音色と、めじろの澄みきった何とも愛らしい歌声が響き合う中を、夫と私はただ聞きほれて歩いた。桜の頃は、花見客や遠足の子等の歓声がひびく。

響山のふもとに、小菊寮と呼ばれる老人ホームがある。そこに、母の師高野素十《たかのすじゅう》の句碑があることは以前から耳にしていた。二月下旬、今日こそはと私は散歩を回り道して立ち寄った。

前庭の片隅に、碑は数本の桜を背にして静かにたっていた。自然石を無造作に組んだ台座に、まだ紅を含んだ落葉が、いっぱいかぶって吐息を秘めている。

夏山の重なり合へる余生かな　　素十

素十について、母が語ったのを思い出す。

俳誌『芹』を主宰する素十は、誓子・秋桜子・青畝と並んで虚子門下四Sの一人である。その作風はどこまでも客観写生で、選はとても厳しい。『芹』は自分一代で終わりと宣言している。

宇佐市四日市小菊寮前庭にあったが、
現在は響山頂上に移転した

母の初期の同人誌『犬ふぐり』六月号によると、一九五五年（昭和三十）五月七日、素十の一行は耶馬渓で句会・宿泊した。翌八日の朝、宇佐四日市東別院に集合し、五月雨もようを気にしつつ、響山へ向かう。途中、古墳群辺りからポツポツ雨が落ちはじめた。響山の吟行を足早にきり上げて、急遽ふもとの小菊寮が句座になる。

素十が直ちに詠んだ夏山の句が石碑に刻まれたのだが、他にもう一句生まれていた。

菜の花の雨の余生を送らる、　　素十

小菊寮と我が家は縁が深く、今も住職が出かけていって、お年寄りとおつき合いを重ねている。亡くなった同行を想い、みんなで手を合わせる月命日参りが続けられているのだ。

その後、私は何度も響山を下って句碑の前に立った。響山の頂上からは、御許山《おもとさん》、雲ガ岳他、名も知らぬ山々がぐるりと眺望できる。下って、小菊寮前方に、民家や田畑を挟みお椀を伏せたような小山が、勾配や高さを変え、相前後して連なっている。

それらは、天候や時刻によって、色どりが豊かになり立体感を増す。はるか遠くに、豊後富士と呼ばれる由布岳が顔を出すこともあるのだ。まさにこの一帯は響山だ。

この地の表情や、人々の営みの深さをぴたっと十七文字に収め取った「夏山」の句こそ、客観写生句の真髄なのだろう。

母は、素十師の『芹』創刊と同時に会友となり、全国各地の句会で師と吟行を共にした。

石蕗寺に着きし素十の横は誰　凡女

「ちょいと、ちょいと、見てごらん」

母のただならぬ声に、家族全員が座敷に集まった。何年前だったたか、休日の午後なのは確かだ。母の視線が床の間の一点に集中している。

月の客ある時は又萩の客　　素十

母が表装を依頼していた素十染筆の句が、掛軸に仕上がっていた。私は、写真で素十の堂々たる体躯を目にしていたので、一見して意外に思った。筆跡はこじんまりして円っこく、斜めに走り、くったくがない。素十という人の大らかさが軸いっぱいに広がってくる。この軸に呼応する母の一句を見つけた。

或る時は萩の客とは誰ならん

一九七六年（昭和五十一）十月、素十は没し『芹』は幕を閉じた。その後の母の句に、師を偲ぶものが沢山ある。

素十恋う浮葉があれば句碑あれば

手帳を持って吟行中の凡女

こうして母の句を並べると、相聞歌だと深読みされかねない。が、それは違う。私はもっと深読みするのだ。若くして、夫を亡くした母にふりかかった業《ごう》は「女とか男とか言ってはいられぬ」ものだった。厳しい時代背景の中で、母役・父役・加えて寺を守りぬくことが課せられた。いやおうなしに、母の活動の場は男社会へ押し出されていく。苦難の母を支えてくれたのが俳句の世界だ。自然と語り、自然の力を吸収し、率直に言葉を発する。次々に俳句が生まれ出るよろこび。そこから得られる魂の高揚感は、何ものにも代え難い母の生へのエネルギーとなっていった。

師への確固たる信頼が、敬愛の情となり、句にいささかの華やぎを見せるが、そこは母にとって男も女も意識の外だ。この豪胆な詠みっぷりこそが、相聞歌とは一味違う凡女俳句だと思う。

「凡女さんの句は男もかなわない。こんな俳句を作る人は、もういなくなりました」長い長い句友であった久保青山師が、母の仏前でこう語った。

響山は、母の面影が駆けめぐり、辺りにこだまする。それは、私の単なる懐かしみではない。時空を越えて、一つの道を志した師弟の魂がひびき合う不可思議な世界だ。響山にまた春がくる。


（二〇〇九年　二月）

花の門

僧侶資格を取得するため、京都の大谷専修学院に入学した長男が、夏休みに帰省して言った。

「おばあちゃんの顔が広いのは知っていたけど、その名が京都まで鳴り響いていたとは、びっくりしたなあ」

息子の話では、学院長による個人面談の開口一番が、

「尼子くん、おばあちゃんは元気かい」

だったそうだ。どうも、俳句の関係らしいと息子は言う。

道場破りはちょっとオーバーだが、他流試合よろしくチャンスがあれば何処の句会でも入っていく母だ。無類の話好きの上に声が大きいので、飛び込みで一句ひねり、

回りに渦をまき起こしたことだろう。京の句会で学院長と同席したのだろうか。ある桜の頃、京都から帰ってきた母が「いいことがあった」と声をはずませている。嵯峨野を旅して祇王寺《ぎおうじ》の智照尼を訪ねたという。

智照尼は天性の美貌もあって、波乱に富んだ前半生を送った女性である。瀬戸内寂聴の小説の題材になって全国にその名を馳せた。

当時、祇王寺に隠棲する智照尼はなかなか外部の人を寄せつけない。そんな彼女が、母と会話を交わし、短冊に俳句まで書いてくれたという。〝してやったり〟という表情で母の鼻腔がふくらんでいる。智照尼の一句も味なもの。

戯れに叩き給ふな花の門　　智照尼

やや紫を帯びた深紅の短冊である。大島紬、いや友禅染の着物のすそでひらひら返る〝はっかけ〟の色だ。その上を墨がさらっとひきしめる。今なお情熱を秘めた法衣姿の美しい女人を、私は眼裏に描いたのだった。

ここにきて、はたと思い出した。私は新婚旅行で嵯峨野を廻ったことを。古いアルバムをめくると、昭和三十七年（一九六二）一月二十五日の嵯峨野は一面雪化粧だ。モノクロのワンショットに「平家物語史蹟祇王寺」と三角の立札がある。細い自然木が支える門の屋根は雪を沢山のせてあやうく崩れ落ちそうだ。古びた扁額「祇王寺」が何とか読み取れる。その下に私達は手をつないで立っていた。門の向こうに質素な庵が雪をかぶっている。

「尼さんが静かに籠っている」

と、夫が気づかい、二人は声をひそめた記憶がもどってきた。私達は「雪の門」をくぐらず入口に止まった。

智照尼は二十八歳の時、自殺未遂の果て仏門に入った。厳しい修行に励み、当時は無住だった祇王寺の庵主となったのである。その間、高浜虚子に師事し、俳句を学ぶ。智照尼は、仏にすべてを懺悔し、無になって死んでゆきたいと願い続け、九十九歳の往生を遂げた。祇王寺には別名「往生院」の立札がある。

奥嵯峨やここにも一つ露の門　　高岡智照尼

この句は、書庫の凡女コーナーに並んでいる、古い俳誌ホトトギスの中にあった。母もホトトギスから出発しているから、智照尼の名が必ず出てくると、七十冊程の古いホトトギスをめくりめくって見つけた。

『ホトトギス』昭和二十九年（一九五四）年四月號（旧漢字）の終わりに「雜詠選集」（豫選稿虚子選）の欄である。智照尼が、昭和十五年（一九四〇）年七月号に投稿した一句が選ばれていた。智照尼が日々くぐった質素な門が、露の門・花の門・雪の門・雨の門・嵐の門・悲の門・祈の門……。様々なドラマを私に想い描かせてくれる。

天下の『ホトトギス』も昭和二十年代は、私には懐かしいワラ半紙、指でつまむと五ミリくらいの厚さだ。表紙だけは白い西洋紙にイラストが描かれ、白いコーヒーカップ・ソーサー・銀のサジ・黄のレモンが添えられてる。背景はコバルトブルーで、さっぱりした構成だ。この絵が、大分が誇る高山辰雄画伯の筆であったとはうれしい。

私は、改めて智照尼の短冊「花の門」を手に取った。彼女と母は俳人でもあり、仏に仕える身として、共感するものがあったと思われる。智照尼には強引な闖入者にとまどいながらも、歓迎の気持ちもうかがえるのだが。

母と対面した時の智照尼は、えもいえぬ魅力を、そうだ！　あえていえば浪立たぬ深海の静けさを抱いて、座っていただろう。

祇女桜ほころび初めし祇王寺に　　凡女

（二〇〇九年　四月）

濃紫陽花《こあじさい》

本堂も漏りておりたる梅雨かな　　凡女

「お座敷が、雨漏りしています」

どしゃ降りの朝、若坊守の声が響いた。私は、しっかり目が覚めてしまって座敷へ急ぐ。ビニールが敷かれ、その上でバケツがポコンポコンと音を立てていた。

五十年前、大雨が来ると母と私はありったけの金物に新聞紙を敷き込み、本堂や庫裡を走り廻ったものだ。雨が止んで、新聞紙に落ちた雨水が端の方から乾いていく。その茶色っぽい染《し》みの汚さは、見るのもいやだった。

年月を経て、庫裡を建てかえ本堂も修復できたので、すっかり安心していたのだが。

まあ、一か所だけで助かった。

梅雨入り前の麦刈りから、田植えが終わるまで農繁期は続く。

「麦が熟れると、坊主《ぼうず》が青くなるという言葉があるのよ」

と、母から聞いた。つまり、この時期は寺の収入が無くなるというわけだ。

麦熟るるこれより寺の閑つづく　凡女
お灯明までも暗し梅雨つづく
寺いよよ閑なり田植はじまりぬ
本山に起居四日の雨安居

雨安居《うあんご》……僧が、雨期の一定期間寺にこもって、修行（学習）すること
（仏教大辞典東京書籍）

一昔前の宇佐平野は、黄金色の麦畑が見渡す限りで、揚げひばりにも勢いがあった。

田植えは、親類縁者・家族総出で、厳しいが賑やかな作業だった。

母は、梅雨期を逆手にとって、吟行へ出かけたり本山の安居《あんご》で勉強をしている。そして、多くの俳句を生み出し、梅雨期を味わい深いものへ昇華させたようだ。

私は、母の短い五・七・五から、自由自在に想像を広げ楽しませて貰っている。今更のように、俳句はいいものだなあと感じる。

「あんたも、一緒に俳句を作ろうよ」

と、母から何度も誘われた。

「俳句は気ぜわしいから、私には出来ません」

と、その都度、断った。母は、地元の「夏山《なつやま》句会」を主宰し、俳句仲間が賑やかに集って、何時も多忙に見えた。

「〇〇さんは、お姑さんと一緒に句会に参加するのよ。家の中に先生がいるから、習わないと損だと言ってるよ」

「私は短歌をします」

俳句の旅（中央凡女）

と、母に手ひどい宣告をしてしまった。

教職にある私の日常は、子供等や同僚に囲まれて賑やかだが、空回りも多く、日々充実感を得られるわけではない。同僚に、心ならずも歩調を合わせ発言を控える。従って多数決の論理が職員室内を走る。

子供達と、日々新鮮な気持ちで接するためにも、私に溜りはじめたへどろを、紙面に叩きつけたい思いはあった。

私の夫が愛した現代詩は、むずかし

くて取りつく島もない。私はまわりくどい性格だから、俳句の十七文字では言葉が足りない。それに俳句は、連れだっての吟行も多く忙しそうだ。私には、一人でも詠める短歌がいい。

母の落胆をよそに、私は短歌の月刊誌を購読する。東京の二つの結社に所属し、二誌の傾向を比較しながら短歌を作った。十年間、コソコソ投稿を続けた。子等と共に学び合う日々を詠んでいた私としては職を辞したことで一気にモチーフを失い、ものにならずに終わった。

このところの長雨で、庭の紫陽花が元気だ。母が育てていたがく紫陽花に、久しく現れなかった紅の霧吹きがかかっている。その紅が日々濃くなっていく。慈雨の御馳走にあずかって、がく紫陽花がはしゃいでいる。

私も日々、自然の恵みに五感を浸しながら生きてゆきたい。

今日の私明日の私濃紫陽花　　凡女

（二〇一一年　六月）

父

月に酌み菊に酌みたる夫なりし　凡女

母の夫である前々住職は、菊作りの名人だったらしい。だるま・福助・二本仕立て・三本仕立て・懸崖等々……それに色とりどりだった。父の菊たちが、本堂前にずらっと並び、見物客もあって、秋の寺は華やいだと聞く。

父が、上山や布教で家を空けると、水やりが大変だった。出先から帰宅するやいなや「水をやったか?」で、子等のようすを尋ねたことは一度もないと母は笑っていた。

私の夫が幼い頃、庭を走り回り、父の盆栽の枝先を折ってしまった。

「何か!　おまえは」

父の怒声に反射的に走って、本堂の床下へ逃げ込んだ。ここは、麦わらが敷いてあり、夏は涼しく冬は暖かい隠れ家だ。

心得たもので、日が暮れそめると母と祖母が「坊《ぼん》よ、坊よ」とやってきて、子を引張り出す。父親の前にひざまずき、母が幼い夫の頭を押えて、

「お父ちゃんごめんなさい。二度としません」

と代りにあやまってくれる。しばらくして「もう、よい」父のお許しが出ると、胸をなで下ろして夕飯を食べたという。

夫が十一歳を迎えた正月早々、父は病床に臥し、急逝した。どうも肝臓が悪くなったらしい。

先日、月命日参りでお茶を頂いていると、奥さんが嫁入り前のでき事として聞いたという。

「この家で、先々代のご院家さんが倒れ、男衆が戸板に乗せて、お寺に運んだそうです」

父が倒れたのは、昭和二十年（一九四五）一月三日のことである。正月明けから始

まる在家報恩講参りに出かけた初日だった。若い男性はみんな戦地だ。初老の門徒さん達が住職の身を案じながら、懸命に山越えする姿が目に浮かぶ。

その十日後、父は寺の奥座敷で亡くなった。

ここから、母の苦闘がはじまった。

亡き夫と何を語らむ火桶抱き　凡女

私の娘二人が、中学生の頃だったと思う。どこからこのような話になったのか、突然、長女が尋ねた。

「おばあちゃん、おじいちゃんとどうして知り合ったの？　恋愛結婚なの？」

「恋愛結婚なんて、とんでもない。おばあちゃんの時代は、親が決めて言われるままよ」

大正十二年（一九二三）、婿養子の父は、結婚式当日福岡県の寺からやってきた。二人は、その日にはじめて顔を合わせたという。これには、娘二人が「エッー」と驚きの声を上げたものだ。
私の亡夫の病床反故集に、父についての記述があった。一番辛く、しかも味わいのある体験として、第一に「父の死」を挙げている。

父の命終は、享年四十九歳、私はこの正月で数えの六十九歳、二十年長命を受けている。

厳しい顔・姿勢の正しさ・御連枝のお伴をして、九州各地を巡行した。私と比べ、格段の差がある。親の年齢を越えても、風格・人格を越えることはできない。だが、幼少にして父の死という人生の厳しさを体験し、念仏を喜べる身になれた。母の薫陶《くんとう》と父の冥護《みようご》の為すところであろう。

（二〇〇一年一月十三日　父祥月命日）

現在、我が家に父の鉢物の名ごりが二つある。一つは、直径・高さとも三十センチ

くらいの大きなサボテンで、霜を避け、今は玄関内にある。品種は分からないが、背が伸びて頭部の重さで中程から折れそうになっていた。十年前に、恐る恐る上部を切り取り植えかえたが、無事に生きのびている。

もう一つは、父亡き後、庭に降ろされた松だ。高さ一メートルくらいで止まっている。

なるほど、盆栽の風情だが、父が育てていた頃に比べれば、相当形くずれしていると思われる。雪もよいの中、鮮やかな緑が目に染みる。ああ、この寺に、確実に父が存在していたのだなあ。

「お父さん、サボテンと松は私が守ります」

松に近づく私の耳を、ヒュッと一吹き寒風が叩いていった。風が、私の気負いを笑っている。

「形あるものは、いずれ滅びますよ」

と……。

もしや、風に乗って還ってきた父の声かもしれない。

臘梅のほろほろこぼる先住忌　　凡女
夫の忌や炉辺に泣きしももう遠し

（二〇一一年　一月）

お取り越し句会

玄関の舞良戸《まいらど》をゴトゴト開けると、さっと凩《こがらし》が吹きつけ私はブルッと身震いした。土間一面に、唐楓《とうかえで》の葉が黄・赤の色を残して散っている。

「ああ、お取り越しがやってきたな」

私に、少しの緊張と浮き浮きしたものが湧いてくる。

我が家に隣接する大分県宇佐市四日市東別院・西別院では、毎年十二月十一日から十六日まで親鸞聖人の報恩講が厳修される。これを地域の人々は「お取り越し」と呼んで、昔から賑やかにお参りしてきた。協賛の催物に「お取り越し句会」がある。

母凡女は師高野素十没後、その流れを汲む倉田紘文師主宰『蕗』に所属した。句会当日の日曜日は、朝から豊前豊後の蕗会員が三三五五集ってくる。東西両別院周辺を

吟行し、句を作って〆切りまでに会場へと急ぐ。迎える地元会員の中心に母がいた。句会が近づくと、

「お取り越し飴を百個、粒の揃ったみかんを百個注文せんとならん」

「白い山茶花を、床の間にあしらおうか」

「萩の落ち葉は全部掃かずに、少し残しといて」

母の声が響き、忙しく動き回る。

あれは、昭和の年号最後の十二月だった。

商社マンとしてロンドンに駐在していた実弟が、東京出張を機に別府の実家に一泊するので、会いたいと連絡が入った。ああ、これはまずい、句会当日ではないか。その日、私には一つのお役目があった。

我が家では、遠来の師や句友に昼食を差し上げるのが常だった。母の献立は「いなり寿司」「大根とゆずの和え物」「やきとり」と決まっていた。そのやきとりを作るのが、私の担当だった。鶏肉・白ねぎ・ピーマンを串に刺し、タレをつけて焼く、ちょっ

と一杯の肴に、やきとりの評判がよかったらしい。

当然、母は私を引き止めにかかった。私は長く顔を見ていない弟や実母に会いたい。年一回のおもてなしに集中していた母の熱意がわかるだけに、負けそうになる。母は、あれこれ言葉を尽くして攻めてくる。意地っ張りの私は、どんどん譲れなくなってくる。二人の綱引きは前夜まで続いた。どうしても私の気持ちが動かないと悟った母は言った。

「○○さんに頼むから、いいよ」

翌日、実母や弟と談笑していても、ああ今頃は……、と落着かない。

その晩、帰宅した私の背に、母の一言。

「あんたがいなくても、おいしいやきとりができたよ」

これで母はさっと切り変わる人だが、私は「悪かったな」と胸がチクチクして、それを引きずっている。

年が明けて三月末、実母が心不全で突然逝った。わあわあ泣きわめく私の姿に、母はおろおろしていたが、そっと寄ってきて耳元でやさしく言った。

「お里のお母さんは気の毒なことだったね」

お取り越し句会を振りきって実母を訪ねたのが別れだった。あの時はあれで良かったんだ、胸のチクチクが消えた。

こんなことが……と昔を懐かしんでいるうちに、句会当日がやってきた。私は、熱いお茶と名物「お取越飴」「親玉《おやだま》饅頭」「けんぽなし」等を用意して、母の友人を待っている。

「枯れた萩の風情がいいですね」

「凡女さんが亡くなって十八年もなりますか」

「凡女さんのいなり寿司はおいしかったよ」

「あの頃は一杯も飲めたしなあ」

「凡女さんの曽孫さんですか、かわいいですね」

お香が立ちこめる本堂で、口々に会話が交わされた。

毎年、十二月の掲示板は母の句である。

お取り越し第一日のあたたかし　　凡女

親鸞忌百人分の大根汁

（二〇一〇年　十二月）

この慈悲始終なし

法衣着しままに佇みぬ紅芙蓉　凡女

去年の八月四日の朝だった。私が法衣を着けて、ご門徒の盆参りに出かけようとしているところに電話が入った。二十年前、私が養護学校（現・支援学校）に勤務していた時に受け持った昭《しよう》君の父親からである。思いがけないことなので、サッと不安が走ったのだが、

「久しぶりですね。昭ちゃんお元気ですか」

と、私の口から出た。

「先生、昭が昨日、亡くなりまして、明日のお葬式にぜひ参って頂きたいのですが」

私は法衣のまま、お悔みに行った。

成人して、大きくなった昭君は、柩が狭そうに眠っている。肉づきもよく、彼の死が如何に突然であったかを思わせた。二十九歳になっていた。

通夜、葬儀と儀式は進行していく。いよいよ柩のふたが閉じられる時がきた。私は白百合を一輪手にして、昭ちゃんに近づいた。と、父親が昭君に語りかけている声が耳に入ってきた。

「……有難う。有難うのう。昭ちゃん、心配するな。じいちゃんとばあちゃんが先に行って待ってるからのう。昭ちゃん、心配せんで待っとれよ、お父さんもお母さんも、後から行くからのう……」

柩につかまり、昭君の顔一点を見つめて父親の語りかけは、まだまだ続いた。「かきくどく」とは、こういう姿ではないのか。ああ、この光景の尊さを、私は生涯忘れないだろう。

私が昭君と過ごした日々を想う時、親鸞聖人語録『歎異抄』第四条の言葉が浮かびあがる。第四条を拝読する時は、必ず障害を持った子供達を思うのである。親鸞聖人は、「人間の慈悲では、人をたすけとげることはできない」と述べておられる。昭君の両親も、病から彼を守ることができなかった。

昭君の四十九日にお参りに行くと、法事も納骨も済ませ、仏壇の前は淋しげに片づき、両親が二人きりで座っていた。父親は、

「私が昭を残して先に逝くより、この方がよかったと思います」

母親は、私と言葉が交わせるまでに立ち直っていて、

「昭は先生のお陰で歌が好きになって、いつも楽しそうに歌っていました。作業所のカラオケ会でもマイクを離さず『津軽海峡・冬景色』が得意でした」

と、言ってくれた。

当時、小学校四年生だった昭君は、自閉的で一人の世界を楽しむ傾向があった。私は教室にオルガンを持ち込み、いろいろな歌を歌ったり弾いたりして、徐々に心を開いてくれるよう試みたのだった。ふり返ってみると、私が昭君にしてあげたのは、こ

の程度のことだったなあと思う。

私が養護学校に赴任して最初に受け持った敬《けい》君は、言葉が出ないし、排泄も食事も全面介助だった。訪問教育から小学校三年生で通学になり、毎日母親が車で送り迎えする。この母親の献身に触れた時、私はできるだけのことをして尽くしてあげようと気負っていた。

敬君は摂食がうまくいかず、はじめの頃は、サジを持たない。皿、お盆をひっくり返す。大声を出し続ける……この状態で、全校生と夏の宿泊訓練に行った。馴れない集団行動に敬君の情緒不安はピークに達し、私には大汗をしぼり出す一泊二日だった。

敬君を迎えに来た母親に私は尋ねた。

「夕べは敬ちゃんを手放して、不安だったでしょう?」

「いいえ、お陰で夕べは、何もかも忘れて、ぐっすり眠りました。有難うございました」

敬君が生まれて以来、はじめてぐっすり眠ったと言うのだ。私は驚くと同時に考えさせられた。私の大汗は一泊二日だが、母親の養育は連続しており、これからも続く。

私は勤務時間だけのこと。それに給料を頂くから出来るのだ。私達のご先祖が、阿弥陀（仏）さまのことを「親さま」と呼んだ訳を改めて納得した。

なに怒《いか》るさじ投げ皿撥《は》ね吐きだす子彼《か》の母想えば堪えつつ与う

苦しまぎれに短歌などひねっていた私が、如何に傲慢であったか、今になって知らされる。

聖道《しょうどう》の慈悲というは、ものをあわれみ、かなしみ、はぐくむなり。しかれども、おもうがごとくたすけとぐること、きわめてありがたし（略）……今生《こんじょう》に、いかにいとおし、不便《ふびん》とおもうとも、存知のごとくたすけがたければ、この慈悲始終なし。

親鸞聖人は、人間の慈悲の限界を、はっきり言い当てて下さっている。そして同じ第四条で述べておられる。

念仏して、いそぎ仏になりて、大慈大悲心をもって、おもうがごとく衆生を利益《りやく》するをいうべきなり。

「いそぎ仏になりて」、この言葉が、私の頭の中を右往左往し続けた。人間が命終われば成仏するが、その前に「いそぎ仏になりて」の段階があるといわれる。

親鸞聖人の教えが貫くものは「本願を信じ念仏申す」である。阿弥陀の前身である法蔵菩薩が、五劫思惟《ごこうしゆい》し兆載永劫《ちょうさいようごう》、もう考えられないほどの長い時間をかけて修行された。そして本願を建立し、すべての人間が平等に救われる真実清浄の国土（浄土）への道を明らかにされた。これは物語ではなく、われわれの代表である一人の人間が歩んだ、真実への道である。

故に、親鸞聖人は法蔵菩薩のお心に遇うことをすすめられる。つまり、大悲大慈悲心をもって人間を平等に救わんとはたらき続ける本願に出遇うことをすすめられるのである。この娑婆で「いそぎ仏になりて」とは、如来の大悲行を鏡として、凡夫が、ささやかながら、よちよちと、大悲の心を行《ぎょう》じていくことを、すすめておられるのだろう。

私の夫は、平成十四年（二〇〇二）に十か月病んで、命終した。私には夫の死が受け入れられず、念仏どころではないままに、四十九日の法要が迫る。その前日、私は参道の草を取っていた。脚を痛めており、石畳に両膝をついて、私は石の間に伸びた雑草をガリガリむしっていた。と、その時、母（夫の母）の姿が眼前に浮かんだのである。

暇があれば一人で黙々と草を取っていた母に突然、私は頭が下がった。「お母さん、申し訳ございませんでした」の思いがつき上げて、私は、石畳に両手をついたまま、しばらく頭が上がらなかった。仏様に参るとは、こういうことだったのか……。腹の底から母に「お参りした」私だった。三十年間、共に暮らし、子育てなどで大変世話になりながら、生前、私は心から「有難うございます」と言えなかった。年老いた母に、いたわりの言葉も余りかけなかった。夫に死なれて、やっと私に生じた慙愧《ざんき》心である。なんと頑固な私だろう。

この頃、私の身にかすかな喜びが涌いている。それは、無条件に母に頭が下がった自分がうれしいのである。母と夫が、私を一人前の人間にするために、たすけとげようと、はたらいてくれているのだろうか。親鸞聖人のおっしゃる還相《げんそう》の力なのだろうか。仏になった母と夫が、還相の菩薩となって、私に回向してくれていると頂戴してよいのだろうか。母と夫の回向が、とぎれることなく私に届くことによって、私は「たすけとげられる」と信じ、念仏申そう。

今年は、母の十七回忌、夫の七回忌を勤める。

この慈悲始終なし

白百合を剪りつくしたるさびしさよ　　凡女
平凡に平凡に日々草むしる

（二〇〇八年　八月）

秋袷《あきあわせ》

秋袷ふさわしき帯なきままに　　凡女

母は、着物がよく似合う人だった。昔の写真を見ると、坊守会や、俳句の夏行《げぎょう》でも殆ど和服姿で写っている。

私の姉が、母に会った第一印象を「杉村春子に似てるね」と言った。もう五十年も昔のことだが「そうかなあ」と、私は首をひねったものだ。

ところが先日来、テレビで何本か放映された、小津安二郎監督の映画に出てくる杉村春子を見て、なるほどと思った。

それは顔ではなく、和服を身に着けた杉村春子の所作というか、動きが似ているのだ。特に紬や木綿の普段着を、衿元をゆったり、丈をやや短めに着付ける。そして、袂を振りながら、下駄の音も軽やかにせかせか歩く。この場面の杉村春子は、母にそっくりだった。

今日の日の帯あれこれと秋袷　凡女

母は、衣装の面でもやりくり上手だった。貧乏暮らしの中、新しい絹物は買えない。母の高級品といえば、祖母の古着が多く、それを洗い張りして自分で仕立て直す。弱った部分を見えない所に置きかえ、ほころびも細かく繕う。彼女は、明治生まれの女性の技をしっかり心得ていた。

それ等は、色あせして傷んでいるが、私には懐かしく、深い味わいに見とれてしまう。この寺の女の悲喜こもごもの歴史を、かもし出しているからだろうか。

一つ紋の黒羽織の右袖の内側に、直径三センチくらいの円い穴がある。火鉢の炭をかき寄せていて、炭火がパチッとはじけたのだろうか。裏から布を当て、プチプチ繕ってあるのを、私は何度か着用して気づいた。一針一針に、夫や、交通事故で亡くした四男の仏事で、悲しみに堪えた母がいる。茄子紺の色無地には、揚羽蝶の一つ紋が入っていて、こちらは子等の入学・卒業式での晴れの笑顔だ。

「これは、いい物なのよ」と私に示した無地のお召しがある。しぶい茶色だが、少し離れると光の加減で玉虫色の微妙な光沢が出る。この一枚は、一重に仕立直して、私も着たいと思っているのだが。

母は、古い物に新しい物をうまくあしらいコーディネートする。着物と帯、小物の色柄合わせは、なかなか品よく調和している。全体的にしぶいが、古典柄の着物にわずかばかりのモダンを帯・帯メに加味するといった具合だ。母が和装し、背筋をピンとしていると、ウールでも化繊でも私には高級品に見えるのが不思議だった。

私が三十代の頃、ボーナスをあてこんで小紋の着物を誂えた。はじめて私が選んだ小紋ができ上がり、母の前で畳紙《たとうし》を開くや「柄選びが下手だね」と言って、残念そう

息子と日光の旅
「滝みだれ大残雪にひゞき落つ」（秋櫻子）の句の前で

に横を向いた。明けた正月に一度袖を通したものの、哀れこの小紋は、タンスの中でじわじわ色あせながら今日に至っている。

　このようなことがあってから、私の衣装選びは、母の目と相談するのが常になった。母の評はブラウス一枚の洋装もしかり、孫に着せる遊び着にまで及ぶ。母の審査に合格しないと、家族みな落着かない。値段の割りに引き立つ物を選ぶが母のモットーだから、私の財布の中身につり合っていることも、審査の大事な基準だった。

日を重ねているうちに、私の選んだ物を、母がちょくちょくほめるようになる。おほめの言葉に、私はホッとして身に着ける。三十年経過すると、このくり返しが私には心地よくなってきたのである。「あんたのセンスは、私が鍛えたんよ」と言う母の声が聞こえてくるようだ。

今の私は、法衣以外ほとんど和服を着ない。実は、帯結びが自分一人できちんとできないのだ。母が健在な頃は「お母さん、帯をお願いします」と頼むと大喜びで結んでくれた。でき上がると、背のお太鼓をポンと叩いて「なかなか、いいね」と、にっこりする母だった。

秋も深まり、着物が心地よい季節になった。私も、母のように、杉村春子のように、日本の伝統衣装をさらりと身に着けたいものだ。

夏萩のか弱い二番花が、この二日間の雨に打たれてこぼれはじめた。

雨の日は雨の心に袷縫う　凡女

（二〇一一年　九月）

下宿人

思いがけず目にする名前、それは死亡欄だった。田中さんの父親ではないだろうか。その晩、電話を入れると「今日、葬式をすませました」と言う。

翌日、息子と二人でお悔みに行った。久しぶりに訪れた家の前庭に、三本の竿につるされた沢山の洗濯物が秋の日ざしに、キラキラヒラヒラしている。田中さんの幼い孫達の衣服のようだ。

仏間に足を踏み入れるのは、はじめてだ。お参りを終えて、ふと仏壇のすぐ横に掛けられた色紙と短冊に、私の目が止まった。何と、母の毛筆ではないか。

秋蝶の二つとぶ日のめでたけれ　　凡女

よろこびの大秋晴を得しことも

昭和五十五年（一九八〇）九月、田中さんの結婚を祝する一句だった。

「これは、句集に載っていないと思いますよ。ぼくが結婚の挨拶に行った日に、メモ紙と色紙やらを持ってきて、目の前で書いてくれましたから」

と、田中さんは得意気に言う。彼は、高校時代、亡夫が担任していた自慢の教え子だ。私は、ふと彼が、一時期我が家に下宿していたことを思い出した。母が賄っていたのだが、私に子供が生まれるのを機に、奥座敷に泊まっていた高校教師と二人して退出していただいた。

「赤ちゃんが生まれたら、もう私は二人のお世話はできません」

母の、もっともな申し出だった。その赤ちゃんが、当年四十五歳、寺の跡取り息子だ。

なぜ、田中さんが我が家に下宿することになったのか、尋ねてみた。

田中さんは、中津市の高校に合格し、学校近くの親戚先から通学を始めた。しばらくして、何故かわからぬ空しさにおそわれて、一週間ほど学校を休んだ。「今でいう登校拒否かな」と彼は首をひねる。

担任である夫がやってきて、有無をいわせず、寺に連れてきたという。母にとっては、事後承諾だが、こころよく賄いに責任を持ってくれた。

田中さんは、夫の車で登下校するので、一見贅沢そうに見えるが、さぞ気をつかったことだろう。私は聞いてみた。

「田中さん、おばあちゃん口うるさくなかった?」

彼は、ニコッとして、

「いやあ、いろいろ注意されましたが、今思うと、間違っていないことばかりです。姿がないのは淋しいですね」

母は、気づいたことは胸に止めずに、はっきり口に出す。これは〃勇気あるアドバイス〃と思うが、私には到底できないことだ。

田中さんには黙っているが、私にしっかり焼きついている一こまがある。彼が、漬物を食べようと小皿に醤油をたっぷり注いだ。

「あっ、まずい」と思ったが、私にはどうにもならない。

「田中さん、醤油はちょっと出して、少しずつ足して食べなさいよ」

母の声はでかい。田中さんは、ドキッとしただろう。私も、はるか昔にやられた。

この経験は、現在の田中さんの健康とエコライフに貢献していると信じている。


夫達が育ち盛りの戦中・戦後すぐの頃、子等の友人達が食卓に闖入することが多かった。

「あーあ、ぼくの食べる分が減ってしまう」

兄弟達は、ヒヤヒヤしていた。そんな食客の一人は、戦後復員して実家より先に、
母に「ただ今帰りました」と寄ってきて言った。

「これから一生懸命働いて、お寺の鐘楼を寄付します」

実現しないまま、彼は逝った。

母は、持前のやりくり上手ゆえ貧しい時代の賄を引き受けることができたのだと、頭が下がる。

ここで、特筆すべき下宿人を忘れてはいけない。夫が高校在学中、その学校の校長先生が、奥座敷に下宿していた。ある日、嫁入り前の姉（夫の姉）が、おつかいから帰ってくると、母に叱られている。

「そんなにいろいろ買ってきたら、お金が足りなくなるよ。校長先生の下宿代は一か月に○○円だから、それを割ったら一日の材料費は○○円以内におさめんと」

傍らで聞いていた祖母が言った。

「ちょいと、ちょいと、お母ちゃん。それなら、お米代と部屋代と電気代はただだということじゃな」

「あーら、ほんとじゃわ」

三人で、大笑いしたという。

校長先生が実家から帰ってくる時、夫の幼い妹に必ずおみやげがある。一箱の森永キャラメルだ。妹はそれが楽しみで「校長先生はまだ？　いつ帰ってくるの？」と首を長くして待っている。姉は「私は忙しいの、キャラメル一箱で、校長先生を待ってはいられんわ」と、ボヤいていたという。校長先生は、母の俳句のみならず、料理上手を、しばしばほめた。庭の山椒や、紅葉等がそえられて、盛り付けのセンスもよく美味だったと語っていた。母の、力のこもった工夫がしのばれる。

誰あろう。その校長先生の引き合わせのご縁で、私は今、母の坊守業の足跡を及ばずながら歩んでいるのだ。

高校時代、寺から通学した、あるご門徒のおじさんの言葉を思い出した。

「前坊守さんは、ぼくのお母さんのようなもんじゃった」

（二〇一二年　九月）

手

花こぶしあたりまぶしき盛りかな　凡女

四月半ば、私は僻村の一軒家へ向かって、急勾配の坂をゆっくり登っていた。

ご門徒のよし子さんが急死して、二《ふた》・七日《なのか》参りに当たる日だ。坂を登りつめると、前庭に競い合うよし子さんの雛菊や桜草達が目にしみる。端っこに私の住む寺からやってきた夏萩の新芽が、ふわふわゆれている。

あの日、よし子さんはパートから帰ってきて自宅近くの畑に草切りに行き、脳出血で倒れた。草刈機がすぐ横に寝て、彼女に寄り添っていたという。

運ばれた病院で、彼女は酸素吸入器をつけ静かに横たわっている。両の手を握ると、ぬくもりは伝わるものの全く動かない。赤味のさす顔のおでこに、縦じわが一本刻まれている。身に異変が起こった一瞬、痛みが走ったのだろう。

「よし子さん、よし子さん」

息子と交互に呼びかけたが、瞼が開くことはなかった。

「よし子さんの手はごっつかったなあ。ものすごく働いたんだね」

と、帰りの車中で息子が感じ入っている。その手で、彼女は寺の雑用をテキパキ片づけてくれた。

ある秋の暮れ、よし子さんに萩の枝を切ってもらった。母の形見の夏萩は、六月に大粒の花をたわわにつけ、秋にもう一度わびし気な小粒を咲かせる。花が終わって黄色ぽい葉の趣きを堪能した後、枝の根元を地面すれすれに切る。この母の手入れ法を、私はよし子さんに伝授した。

早速彼女は、パート先の萩を根元から切ったところ、同僚に咎められた。翌年、新芽がぐんぐん伸び見事に咲きほこり、社長からおほめの言葉を貰ったと、ニッコリした顔が若々しかった。

先日「手にマメのないやつは……」という見出しに引かれて、新聞の文芸欄を読んだ。トルストイが故郷で実践した農耕生活は、労働を尊び、簡素な農民生活を送ること。それを一言で言うと「手にマメのないやつは信用するなということだ」と書いてある。

私は、マメができてはつぶれして、もうマメもできないほど硬くなったよし子さんの掌《てのひら》の感触を握り直す。彼女は若くして農家に嫁ぎ、子供が学齢期を迎えると現金収入の必要に迫られ、夫婦して数々の副業に励んだ。よし子さんは私と同じ七十三歳だった。私達の世代の女性は、みんな手を使って、よく働いたものだ。

最近、娘さんのしなやかな手がやたら私の目に入ってくる。やわらかで細い指を甲の方へ曲げると、ひゅーんと弓なりに弧を描く。爪の小さなスペースに色鮮やかな造形がちりばめられている。儚い美、つけ爪のネイルアートだ。おおよそ私達の手には成り立たない。

先輩達は、肉体の一部である手を動かし指をひねり、工夫をこらして生きぬいた。
そのふしくれ立った頼りがいのある手は、この国から消えてゆくのだろうか。
私が臨終の眼《まなこ》を閉じた時、
「お母さんの手もごっついなあ、働いたんだなあ」
息子はこう言って、彼の細い指で母の手を握るだろう。
よし子さんの初盆が近づいてくる。

お檀家は花野つづきの一軒家　凡女

（二〇〇九年　七月）

凡《ぼん》人《じん》道《どう》

平凡に寺を守る日々萩の日々　　凡女

私は、俳号凡女の名告《の》りについて、尋ねたことがある。母は「自分は平凡が好きだから」と答え、それ以上何も語らなかった。

凡女といえば、へりくだったように聞こえる。だが、朝晩顔をつき合わせていると、非凡願望の人ではないかと思う。この私の濁った心根を、母は察していたようだ。

つい最近わかったのだが、私と同じ問いをぶっつけた人がいた。初期の同人誌『犬ふぐり』昭和三十年（一九五五）七月号に、タイトル「俳号を語る」（凡女）の一文を見つけた。

前半にある、句友A子さんと母の対話風景を略してみる。

A子「凡女というあなたの俳号は、どんなわけでつけたのですか」

母「私は、平凡な女だからですよ」

A子「……」

それから半年後、A子さんが遊びにきてまた尋ねた。

A子「凡女さん、あなたの俳号にはどんな意味があるのですか」

母「凡女が、私に一番ふさわしいと思いませんか」

A子「さあ……」

しつこく尋ねるA子さんの心中にあるのは、私と同じものだったのではないだろうか。エッセイの後半は、次のように続く。

私は、娘の頃から凡人という言葉が好きだった。よく日記帳などに、凡人礼讃と書いて喜んだ頃もあった。

しかし、今思うとあの頃そうした意識の底には、何かとげとげしいものがあったと思われる。弱い人、貧しい人、しいたげられた人に対して無闇に心を動かされた。あの頃の私の凡人へのあこがれは、権威に対する反抗を意味し、強者への諦観につながるものがあったようである。

結婚し子供が生まれて、社会生活になずみゆくにつれ、ことに、主人を亡くしてからしみじみと、凡人という語の受け取り方が変ってきた。それは、大自然の前には人間というものは、本当に小さくはかない存在だと、私自身にわかるようになったからである。私の凡人意識は、他を非難するためでもなく、それかといって自己卑下するものでもなく、淡々として誰とでも手をつないでゆける気持ちとなってきた。

俳句によって、少しでもこの凡人道をみがこうと思って凡女と名のりましたと、またA子さんが聞いたら、こう答えようと思っている。

「俳句は、心を空にして自然に向き合っていると、自然が作らせてくれる」と母はいう。詩人は「詩は向こう側からやってくる」と語る。俳句も詩も他力なんだなあと思う。親鸞聖人は、煩悩多き人々を凡夫《ぼんぶ》と言われる。息絶えるまで持ち続ける己の煩悩に、しっかり向き合い手を合わせることをすすめられる。後はおまかせ「凡夫道を歩む」とは、このような姿を言うのだろうか。「絶対他力本願」と「絶対客観写生句」が、何だか私の中でつながってくる。凡女の名のり「俳句によって凡人道をみがく」は「他力によって凡夫道を歩む」に通じていたのだろう。

角川の俳誌『俳句』平成元年（一九八九）一月号に『蕗』会員の句が紹介され、評が添えられている。その中に、母八十三歳作の句があった。

夏潮や島が見ゆれば島を見る　　凡女

俳句の旅　句友と馬車に乗って（右から２番目）

〈評〉名は凡女ですが、観察と表現力は実に非凡女です。

「非凡女」の評に、私は一瞬ドキリとしてこれは最高のほめ言葉だと、うれしさが湧いてきた。だが、待てよ。「俳号を語る」に触れた今、この「非凡女」を、母はどう受け取っただろうと考えさせられた。

凡・非凡には、私の浅はかな憶測を許さぬ深い意味があることに気づかされる。

ふと、「非凡なる凡人」という言葉が脳裏に浮かぶ。学生時代の国語教科書にあったが、タイトルは鮮明なのに、文章の内容や作者名は忘れてしまった。真の凡人は、非凡なる人だと言いたいのだろうか。

母は、坊守という生業《なりわい》を受け入れて、門徒さんとの、ともがら――念仏同行――の縁を深める日暮らしだった。同時に、九州の大自然にどっかと座わり、念仏と同じ口から俳句が一つまた一つと生まれ出る。仏仕えと句作、二本の軸が通った母の人生だったが、晩年は凡・非凡を超《こ》えて、おまかせの中に遊んでいる。

それは、凡も非凡もない、凡と非凡が一つになる無為《むい》の世界だ。

評の「非凡女」は、俳句道は凡人道と、ひたすら歩み続けた母の足あとについてきた、ごほうびだと思いたい。ごほうびを、母は淡々と受け取ったことだろう。

享年八十七歳で、凡人道は幕を閉じた。

今日もまた可なく不可なく花ぎぼし　凡女
無為に住むことも涼しく倖せに

（二〇一〇年　六月）

法飯《ほうはん》

御連枝にお講料理のとろろ汁　凡女

母の得意料理といえば「法飯」を一番にあげたい。「法飯」は、お取り越しの精進料理として、真宗大谷派四日市東別院に密かに伝えられてきた伝統料理だと母から聞いた。

四日市東別院の住職である御連枝《ごれんし》が、毎年十二月のお取り越し（親鸞聖人の報恩講）に、京都の東本願寺から帰山し導師を勤められる。御連枝のお給仕をするために、母は報恩講中の一週間は別院づけだった。一昔前の十二月は、酷寒続き、雪のちらつく中を、母は小走りで別院と我が家を往復していた。

「法飯」は、お斎膳《ときぜん》のように参拝者に出されるものではなく、御連枝だけに供される料理だと母は言う。

「今夜は『法飯』を差し上げるのよ」

母は朝から出かけていって、充分吟味した材料を集めてくる。それは、小豆・油あげ・干椎茸・干瓢・胡麻・青野菜・大根の七種類だ。

「御連枝が、おいしいと大そう喜ばれるからね」

と、言いながら、わが家の台所で下ごしらえを始める。母の手元を、私は横目でチラチラ盗み見をしている。油あげや椎茸を煮つめる香りが立ちのぼってくると、私の味覚がうずきだす。私の口には入らない物だと、自ら言い聞かせるが、身は正《まさ》しく垂涎状態だ。

「私は食べたことがないから、法飯の味はわかりません」

つい、私の口から出た。母は黙ったまま、一瞬私の顔に視線を向けたが、すぐに自分の作業にもどる。私の皮肉な口調を感じながら……。

夕刻、母は残りの法飯を抱えて帰り、私にすすめた。七種の具は、椎茸と干瓢がほんの一つまみに減っていた。それらの具を御飯の上に少しずつ乗せ、熱くした汁をたっぷりかけて、お茶づけ風にさらさら食べるのだ。かけ汁は椎茸のもどし汁だから、椎茸の香りが口一ぱいに広がる。その中に油あげのこくと、小豆と他の具の程よい味と歯ごたえが加わる。これぞ五味、いや七味というべきか。馥郁《ふくいく》たるおいしさが、私の舌に降りた瞬間だった。

親鸞聖人は小豆がお好きだったと聞く。七百年以上昔、聖人は法飯のような小豆料理を召し上がっただろうか。

平成三年（一九九一）母が亡くなり、お取り越しのお給仕は、向かいの寺の若坊守さんと私の担当になる。御連枝が懐かしそうに話される。

「お母さんの法飯はおいしかったですね。全国を廻りますが、法飯が出るのは四日市だけです」

ご所望に応えなければ……私はにわかに緊張した。翌日、向かいの若坊守さんと法飯を差し上げることにする。

材料

一、小豆……新小豆を、硬からず柔らかすぎぬ頃合に煮る。味付けはしない。
二、油あげ……昔ながらの手作りをしている豆腐屋で、出来たてを買っておく。
三、干瓢……色が白く巾が広すぎないものを選ぶ。
四、干椎茸《どんこ》……早くから、たっぷりの水にひたす。もどし汁は、かけ汁に使う。
五、白胡麻……洗い胡麻を煎って、すり鉢ですっておく
六、青野菜……ほうれん草を色よくゆでる。（時期によっては香りのいい芹を使う）
七、おろし大根……新鮮で、あまり辛くない、青首大根等を選ぶ。

御飯は、向かいの若坊守さんに新米を炊いてもらう。油あげ・椎茸・干瓢は別々に煮て、砂糖醬油で味つけする。それを個別に幅一・五センチ、長さ三ミリくらいに細く切る。ほうれん草は、さらに小さく刻み軽くしぼっておく。

さあ、かけ汁の味付けだ。椎茸のもどし汁に、一段とうまみが加わらねばならない。精進料理だから、煮干しやかつおは用いない。母のかくし味は何だったのだろうか。味の素かな。うま口・白くち各種醤油で試行錯誤を重ねるが母の味には近づけない。私の舌の記憶を頼りに、母から盗んだ技で調理をしているのだ。この辺でお許しを。

わが家の八角形の中皿は、法飯の具の盛付にぴったりだ。中心に真赤な達磨さんが描かれており、その顔の上に胡麻を置く。回りに、具を色どりよく小山にして盛る。全く母と同じだ。

いよいよ、御連枝が口へ運ばれた。

「いかがでしょうか」と私。

「味が少し濃いのではないですか」と御連枝。

ああ失敗だ。

それでも、お代わりをされたし、母の面影と共に食された。私は、料理した甲斐があったと自らなぐさめる。

四日市東別院山門をバックに坊守さんの記念撮影
（前列中央　御連枝その左後凡女）

年が明けると、自坊の報恩講がやってきた。夜席にそなえ、当番の女性達が精進料理を作ることになっている。私は「法飯」を提案した。料理上手が揃っている。

「そんなに、小さく切らんとだめなの？　老眼鏡をかけんと」

コトコトわいわい賑やかに進む。かけ汁の味は、私の責任だ。何かが違うと、私が何度も味見をしていると、

「奥さん、みりんを少し入れたら？」

と相の手が入るが、うーんだめだ

め、母はみりんは使わなかった。

「めずらしいなあ、なかなかいい味だ」

お客僧を囲み、大勢で賑やかな夕飯だった。

報恩講の当番制は、四班に分かれているので、一順するために、法飯作りは四年続けられた。


平成十四年（二〇〇二）、真宗大谷派四日市東別院で蓮如上人五百回御遠忌が厳修された。本山から御親修の門主御夫妻・御連枝のお給仕を、私と向かいの若坊守さんが担当する。私が少し腕を上げたと思われる法飯の出番だ。

門主御夫妻は、

「初めていただきました」

と、笑顔で食して下さった。が、母の味に及ばなかったのは言うまでもない。

母のおもてなしの熱意、腹のすわった集中力が「法飯」にこもっているのだ。そこに、差が出る。それにもう一つ、深い御仏への報恩の心だ。私がかなうべくもない。

時代は大きく動き、巷は、グルメがあふれている。「法飯」は密かなる味、いや忘れ去られてゆく味だ。「法飯」は、微妙に味を変化させながら、四日市東別院に伝わった仏教文化の一つと言えるだろう。

来年の自坊の報恩講で、門徒さんと共にコトコト具を刻み、法飯を味わいたいと思っている。

まだ、法飯の味を知らない我が家の若坊守に、手渡しておきたい。

仏恩のお講日和と申すべく　凡女

（二〇一二年　十二月）

俳句は他力

九十歳代に乗った長寿者みえ子さんの仕事は、留守番と仏様のお守りだ。合い間に、大正琴を奏でたり、読書をする。本はスリラー物を好む。

ある日、私がみえ子さん宅の読経を終えると彼女が言った。

「奥さん、俳句を作ったので読んでみてくれませんか」

「私には、俳句はわかりませんよ」

と断ったが、耳が少し不自由なのもあってか、彼女はさっさと広告紙の裏に書いたものを出してきた。

俳句・川柳調あり、短歌調・散文詩風とさまざまだ。

「ずーっと若い頃、お宅の凡女さんに俳句を始めようよと誘われたけど、その時は全く興味がなかったのに、何故かしら」と、自分で驚いている。

最初に句のようなものができたのは、同居していた跡取りの孫一家が、何かの事情で家を出ることになった時という。赤ん坊の頃から子守歌であやし、中学・高校時代は、孫の得意な柔道クラブの応援で声を張り上げた。晩年は、何よりも曽孫と遊ぶ幸せを与えてくれたのに、孫達がこの家からいなくなる。どうしよう。切羽つまった思いがはじけたのが、次の言葉だそうだ。

歯車のもつれし糸をどうほぐす　　みえ子

それからというもの、何かにつけ口から言葉がポロポロ飛び出す。それを書きつけておいて、私が月々のお参りに行く度に見せてくれるようになった。

ある秋彼岸に、出ていった孫がひょっこり帰ってきて、みえ子さんの顔を見るなり言う。

「ばあちゃん、墓参りに行こうや」

「ばあちゃんは、歩けないから」

「わかっちょる、まかせときな」

と、車に押し込まれた。行ける所まで行って車を止めると、孫はヒョイとみえ子さんを抱き上げ墓前にポンと置いてくれた。

長い間ご無沙汰した墓参りができて、こんなうれしいことはなかったと言う。辺りに、彼岸花の紅が燃えていた。

彼岸花孫に抱かれて墓参り　　みえ子

みえ子さんが、ポンと置かれた空間で、一瞬にして口から出てきた言葉そのままだという。

「そういえば、凡女さんにいわれました。『みえ子さん、外をよく眺めてごらん。清々しい空・山もある。道端にきれいな花が咲いている。俳句の材料は、その辺にゴロゴロ転がっているじゃないの』。今になって、なる程と思います」

私の知らない、母とみえ子さんの歴史物語だ。母凡女が「俳句は、自分が作るのではない。自然が作らせてくれる」と、よく語っていた。みえ子さんとの交流で、私は「俳句は他力だ」の確信をさらに強くした。

「彼岸花」の句は、記録しておいてあげたい。気が引けたが、私は短冊に毛筆で書き、有り合わせの額に入れて差し上げた。みえ子さんは、短冊額に目を見張っていたが「私の宝物です」と笑顔を返してくれた。

みえ子さんの死は突然訪れる。昨年〈二〇一二〉二月、享年九十四歳だった。これもご縁なのだろうか。不在の住職（私の息子）の代理で、私が枕経をあげるために駆けつけた。

合わされた両手に、赤いふさの念珠を掛けて、美しい仏が眠っている。

「青色青光　黄色黄光　赤色赤光　白色白光　微妙香潔　舎利弗　極楽国土　成就如是　功徳荘厳……」

いま、みえ子さんの耳から入った阿弥陀経が、彼女の全身に響いている。

みえ子さんの姿が無い仏間は侘しい。「彼岸花」の俳句が、仏壇の脇で私を待ってくれている。月毎に、私とみえ子さんの対話は続く。

紅梅のほつほつ咲けば忌日くる　　凡女

（二〇一三年　三月）

母の巻頭句

母の句が、俳誌『蕗』の巻頭を飾ったのは、昭和六十年（一九八五）六月号だった。「今月は、私の句が巻頭だったのよ」と、母が報告したのだが、私にはピンとこないまま「おめでとう」の言葉も差し上げなかった。

巻頭句は、母の最初の師遠入《えんにゆう》たつみ師の卒寿祝い四句だった。

春風や四十年を師と仰ぎ　　凡女
師を祝う心ごころに椿見る
緋寒桜真盛りなる賀に参ず
春光の卒寿の盃をいただかん

遠入たつみ師の祝宴にて（中央遠入、その左母凡女）

遠入たつみ師は、昭和二十一年（一九四六）、東京生活に終止符をうち、郷里の大分県中津市に「古壷廬」を構えた。そこを中心に、俳句仲間が集りはじめ新樹会が結成された。昭和二十三年（一九四八）には、母も宇佐の句友達と加わり、たつみ師の指導を受ける。

師は、高浜虚子の直弟子であり、愛弟子でもある。高野素十はじめ、ホトトギスの名だたる俳人は、師と切磋琢磨し合った友なのだ。

翌年、刊行することになった句誌『新

樹』の師の主旨文がおもしろい。抜き書きすると、

皆さんは、興のおもむくままに、荒れ狂ってほしい。自由無碍の境地を天駆りつつ個性を培い育ちゆく姿を私は見たい。そして、自分も趣味を生かし、理想通りにやらせてほしい。

と、ある。新樹会は、二十句投句でき、希望者は添削も受けられる。「古壷廬」での句会や、吟行も盛んで随分鍛えられたようだ。それに、鎌倉虚子庵での句会の様子等を知らせるコーナーがあり、虚子の句をはじめ、選ばれた句が紹介されている。中津にいてもホトトギスの動向が、そのまま伝わってくる。

昭和二十四年（一九四九）十月、虚子一行は、中津駅に着く。二泊の耶馬溪吟行句会である。貸し切りバスで、まず「古壷廬」に入ると、お弟子さん達が餅をついて待っていた。この賑やかな句会の様子は、翌年三月号の『新樹』に詳しく掲載されていた。

耶馬溪吟行で詠まれた句が、虚子はじめ素十・年尾・立子・真砂子等々、ずらっと並んでいる。

さらに驚かされたのは、新しい表紙絵だ。浅瀬のせせらぎに磨かれて沈んでいる丸石かなと思った。が『新樹』の表紙のために福田平八郎画伯が描いた「餅」だった。いくつかの丸餅が焼かれてふくらみ始め、隣とくっついた部分もあり、背景は淡墨色である。平八郎画伯らしい、おだやかな気品がただよっている。画伯とたつみ師は親友だったそうだ。

母から、こんなことを聞いた。

「ある人が、横山大観の絵を買って、たつみ先生に見せたら贋作と言われた。買主はすぐに骨董屋に抗議すると『これが贋作なら、私は骨董屋をやめる』と言う。しかるべき所で鑑定してもらったら〝にせもの〟だった」

たつみ師は、大観とも友人だから、大観の絵を真近に沢山、鑑賞していたらしい。

『新樹』のエッセイに、洋画家岡田三郎助について師の一言があり驚いた。「岡田さんのアカデミックな作風は、今の世には余りもてはやされないが、過去の画壇に重きをなした作家だから、賛辞を呈する人がいてもおかしくない」

私は、一度だけたつみ師と顔を合わせたことがある。句会が終わって、母が庫裏に案内したのだ。私がお茶を差し上げ挨拶すると、

「坊守が居て若坊守がむむむむ」

末尾は聞き取れないが、俳句調だった。それを、私は単なるつぶやきだと聞き流した。

俳人は、ぶつぶつ口を動かしているうちに句が生まれるのだなあと、今は感じている。

「凡女さん、あの椿は邪魔だよ。大きくならないうちに移しなさい」

庭を眺めていた師が突然、言った。その椿は、卒業生から私に贈られた記念樹で、めずらしく母が「源平といってなかなかいい品種よ」とほめた木だ。師のアドバイス

はごもっともで、この椿が成長すると、庭の構成が壊れる。

師は、あらゆる芸術分野に、造詣の深い人なので、母の句作の出発は幸運だったと思う。師を信じ句作を続けることで、母の好奇心は、大いに満たされさらに励む。俳句は、厳しい現実を潤いあるものに転じ、子等の前で「ハッハッハッ」と豪快な声を上げる母にしてくれた。

たつみ師は、母の句が巻頭を飾ったすぐ後に入院生活に入る。母は、バスに乗って中津市の病院にしばしば見舞った。休日は、私が車で病院の玄関まで送り迎えした。

「先生をお送りしてからでないと、私は死なれません」

「それはそうだよ、凡女さん」

こんな会話を交したと、帰りの車中で母は淡々と語った。

師の没した昭和六十一年(一九八六)十二月号『蕗』に、最後の句が掲載されている。

炉主の大いに酒を温むる　　たつみ

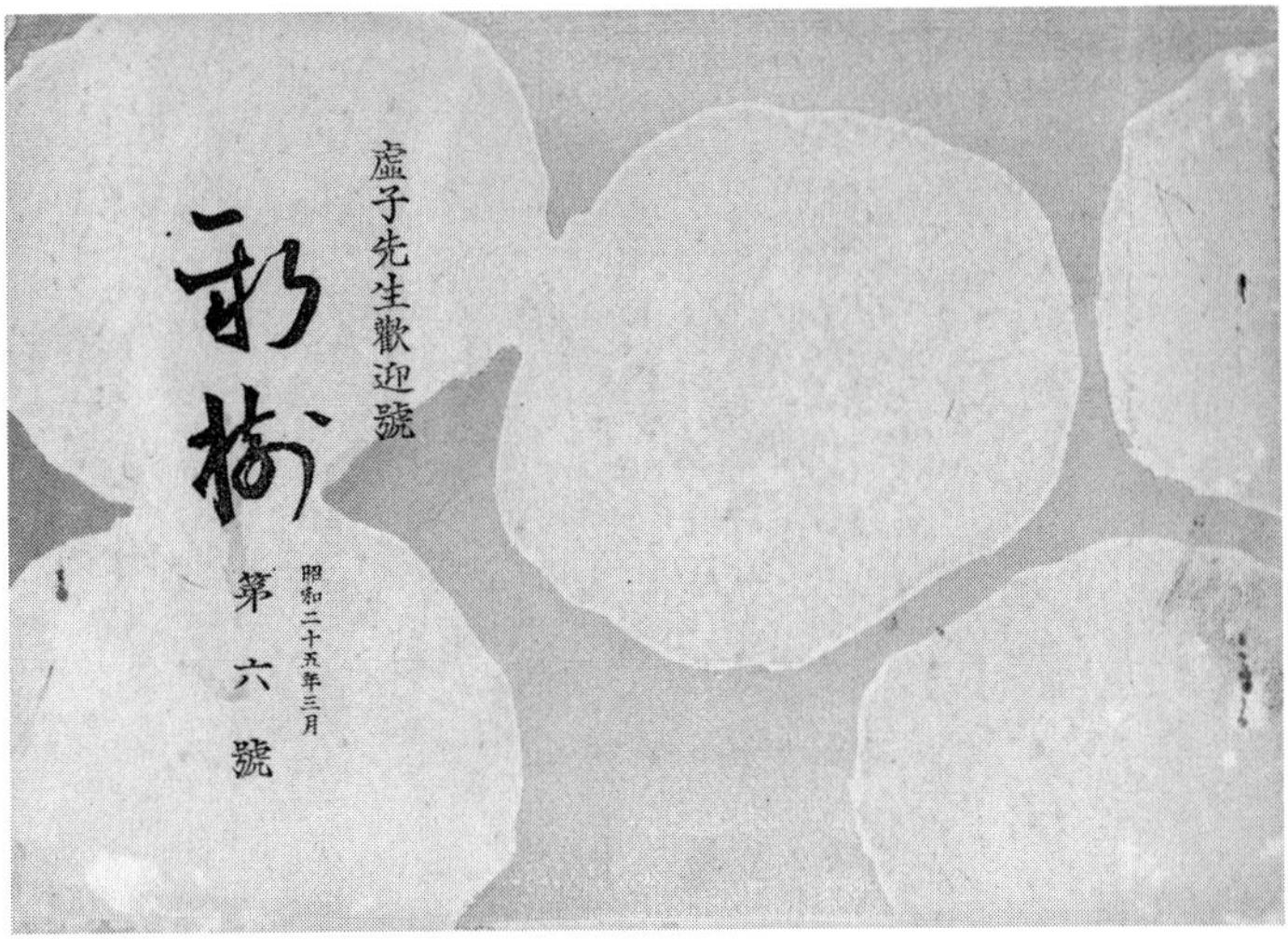

「餅」福田平八郎画

酔っぱらい二三人出て炉辺楽し
熱燗も終わりとなりぬ俳論も

享年九十歳なればこその見事な境地に、師の顔を思い浮かべながら、私はなんだか愉快になってきた。

母の巻頭句は、母の俳句人生より生まれるべくしてあふれ出たものだろう。また、こうも思う。卒寿祝い句を作るのは、師と共に長寿を歩んだ、母唯一人に与えられた資格ではないかと。

ゆく秋やあたゝかき師の骨拾う　　凡女

（二〇一一年十一月）

フミ子さんのお通夜

お磨きもお華束搗きも講用意　凡女

湯舟にじわじわ手足を伸ばすと、私の一日の緊張がほぐれはじめる。二、三分経ったろうか、跳び出る事態が起こった。ご門徒フミ子さんの訃報が入ったのだ。平成二十三年（二〇一一）三月、住職（私の息子）は、京都に滞在中で、寺を空けている。このような場合、寺は直ちに対処しなければならない。携帯電話はありがたい。

「明日大事な役が終わるので、すぐ発つ。明後日十三時の葬儀までには、必ず帰る。それまで母さん頼むよ」

これで、住職がフミ子さんをお送りできる。ほーっとため息が出て、私は落着いた。

汗をぬぐい、衣を着けてフミ子さん宅へ急ぐ。外はすっかり暮れてしまったが、近所なので運転は大丈夫だ。

事情を話すと、喪主の長男さんは「わかりました」と理解してくれた。身勝手ながら、門徒さんはいつも寺の味方だなあと安堵する。

枕経はすませたものの、私の頭の中は翌日のお通夜に支配されはじめた。お通夜で最も大切なのは、法話の時間を持つことだと、現住職から聞かされている。何を話そうか……。ふと、母が嬉しそうに語ったのを思い出した。

「報恩講のお華束《けそく》を搗く日に、京都で坊守会の会議があって、私はどうしても行かんとならない（母は当時、全国坊守会副会長を承っていた）。どうしょう」

「奥さん、京都へ行っておいで、私達は何もかもわかっているから、作っておきますよ」

母のまわりには、寺に何事かあると誘い合って駆けつけてくれる、お同行のおばちゃん達がいた。母が京都から帰宅すると、二斗二升の餅米が小さなお華束餅になって、広間一ぱいに並べられていたという。おばちゃん達の中で、フミ子さんは唯一人の生存者だったのだ。

前住職（私の亡夫）の声が聞こえてきた。

「法話は、他人に教えるのではなく、自分自身に語り、自分の信心の確認をする。だから、昔はお説教師とか講師とは言わなかった。仏様のお使いをする坊さんだから、御使僧《しそう》さんと呼んでいた」

お釈迦様や阿弥陀様のお使いをするとは、私にとって大変な役だが、母と夫が寄り添ってくれている。「なむあみだぶつ」

今回のエッセイは、私がお通夜で話したことをまとめてみた。

※お華束＝報恩講で本堂に飾る御供物。三センチくらいの小餅を串にさして、かさ盛にし、赤・緑・黄等着色する。報恩講が終わるとバラバラにして、ご門徒各戸へ配る。

みなさま、ようこそお参り下さいました。私は福円寺の前坊守でございます。ただ今、住職は京都の本山で厳修中の、親鸞聖人七百五十回御遠忌法要に出仕しております。今晩のお通夜に、どうしても間に合いませんので、不慣れでございますが、私が代わって勤めさせていただいております。

お通夜にあたり、フミ子さんの想い出と私自身が今思っていることを、少しお話し申し上げます。

私が福円寺に嫁いで、半世紀を過ぎましたので、あの時この時のフミ子さんの姿が浮かんできます。

フミ子さんのご主人は、昭和十九年に戦死され、子供さん三人が残されました。戦死の公報が入ったその日、母（前々坊守）が「フミ子さん方《かた》が、大変なことになった」と言って、駆け出していったと、前住職（私の夫）から聞きました。

ところが、昭和二十年一月には、母も夫である当時の住職を病気で失いました。家が近いこともあって、互いに励まし合いながら、二人の信頼は深まっていったようです。フミ子さんは、主に農業にいそしみながら、子供さん達を立派に育て上げられました。

私が接した中で、一番印象に残っているフミ子さんは、報恩講準備中の一こまです。仏具のお磨きをするのですが、花瓶をワックスで磨き、拭き上げなければなりません。花瓶は大きくて金物ですから、男性にとっても大仕事です。

「こんなにきれいになったから、もうこれでよかろうな」

と、あるおじさんが言いました。

「そんなことではだめです。もっとピカピカに磨かんと、奥さんの検査に通りませんよ」

と、フミ子さんがしっかり者の母の代弁をして、みんなの笑いを誘いました。それからというもの「まだまだ検査に通りません」が、お磨きでのはやり言葉になっております。お陰で花瓶はピカピカになります。

もう一つは、フミ子さんの熱心な聞法です。福円寺の法要は勿論、近くの別院のお彼岸やお取り越しには、必ずフミ子さんの姿がありました。

自由に外出できなくなると、ご主人の月命日で、お経が上がるのが一番の楽しみになります。「もう耳が遠うなりまして、さっぱりです」というものの、ニコニコ顔で私を迎え、しっかり手を合わせて念仏申されます。この母親の楽しみや願いを承知している息子さんご夫婦は、お母さんの身体を支えながら、共に念仏されました。享年九十八歳ですから、百歳にあと少し及ばなかったのは残念です。

でも、今年は五十年に一回の、親鸞聖人七百五十回御遠忌を迎えております。私達がこの御遠忌に遇うことができるのは、日本中のフミ子さんのような信心深い同朋あってこそではないでしょうか。

時を同じくして、東日本大震災が起こりました。多くの人が命を失い、災害の余りの巨大さに、被害を受けた方々の大変なご苦労が続いております。

御遠忌の慶びと大震災の傷み、この二つの事実に、私はどう向き合っていけばいいのか考え続けております。この二つの一大事をつきつけられた今、フミ子さんのお通夜は、私に自分の生き方を見つめ直すご縁を頂きました。

〝朝には紅顔ありて夕べには白骨となれる身なり〟

先程、拝読しました蓮如上人のお言葉通り、私達に死は間違いなくやってきます。親鸞聖人もおっしゃいます。

〝なごりおしく思えども、娑婆の縁つきて、力なくしておわるときに、かの土へはまいるべきなり〟

亡くなったフミ子さんは、どこへゆかれるのでしょうか。

親鸞聖人は、亡くなった数限りない多くの先輩方は、清らかな真実の世界（お浄土）にひき取られ、みんな仏様になられた。そして、苦しみ多い現実を懸命に生きている私達を、ほめたたえて下さっているとも言われます。

ある先生がおっしゃいました。

〝人生は、やり直しはできないが、見直すことができる〟

私はこの言葉をかみしめながら、生きていこうと思います。

四月には、私も京都の御遠忌法要にご門徒さん方と団体参拝しますが、フミ子さんもご一緒に行って参ります。

どうもありがとうございました。

御法話をよろこぶ人と炉に一日　凡女
御遠忌の大立札や親鸞忌
その頃は花の盛りの頃ならむ

（二〇一一年　三月）

あの年の夏

一草も一石もいま日の盛り　凡女

(一) はじめに　――敗戦の大連《だいれん》――

盆参りをすべて終え、ホッと落着いたら、暦は八月下旬に入っている。朝から炎暑、「野菜が枯れた」「稲があぶない」と、門徒さん達が乞う雨は今日も無しだ。先程まで、ワシワシ張り合っていたクマ蝉は、気温の上昇につれ休息に入ったようだ。

朝刊をゆったり広げると、ある一文に目が止まった。軍隊経験を持つ御高齢のコラムニストの投稿で、今年の夏の暑さは終戦の年の厳しかった暑さを思い出させるというくだりから文章が始まり、当時を回顧している。

あの年の八月十五日、私は中国東北部大連市の自宅で敗戦の放送を聞いた。昭和十一年(一九三六)、日本が危ない方向へ進んでいる二・二六事件の三週間後に、私は生を受けた。だが、幼い大連っ子の日暮らしは、戦前も戦時中も平和な世界だった。爆撃の恐怖も知らない。

四月下旬頃から、呼吸をするとアカシヤの甘い香りが鼻腔をぬけていく。家の前のアカシヤの並木、私には大木に見えた。白い花房がたくさん下がる。形は、日本の藤の花を短くしたようなものだと記憶する。やがて花びらが、香りと共に小雪のように舞い降りてきて、アスファルトの道の両端に吹き寄せられる。それが身にまとわりついて、私は香りと共に登下校するのがうれしかった。

遊び呆けていた、小学校四年生の私の前に、爆弾の如くはじけ散ったのが敗戦だ。同時に〝生きのびる〟という人間最大の問題意識もぶち与えられた。父親達、殆どの日本人男性は失職する。私は「売り喰い」という言葉を覚えた。

大連は自由貿易港で、多くの物品が出廻っていたとはいえ、日本人にとって食料を得るための現金かせぎは大苦労だ。

両親の努力で、私達兄弟姉妹八人は空腹を感じることなく過ごしていたが、終戦一年も経つと、売るものが底をつき始める。昭和二十二年（一九四七）が明けた頃、十六歳の長兄は、「引き揚げの見通しもなく、この家で家族一同餓死だ」と覚悟したという。両親も万策尽き果てて、いよいよ追いつめられた。

家族十人揃って、両親の故郷大分の地を踏んだのは、昭和二十二年（一九四七）二月二日の朝だった。

(二) 寺の戦争

コラムニストの文章は、本土の戦争末期の状況へと続き、無差別空襲、食糧難、特攻の悲惨さに触れ、さらにはこの国の教育のあり方に思いを馳せている。そして「この戦争は無謀なのか? 人に言えない疑問が胸に浮かんだ……」という思いを吐露している。

昭和二十年(一九四五)、私の夫は小学校六年生だった。六月頃勤労奉仕で、農家の人に見習いながら田植えをしていると突然、グラマンにねらい撃ちされた。おばさん四・五人、友人も三人即死し、田んぼは血の海になった。多くの怪我人が、門徒さんの病院に運び込まれ、道路にもあふれていたという。入院患者は、特別な防空壕に寝かされた。

子供達何人か(夫も)は、すばやく側溝にとび込んで命拾いした。もし、夫もグラマンにやられていたら、私は穀倉《こくそう》宇佐平野の一寺院とは、縁が無かったわけだ。七十年前、この地で何があったのだろう。

イ、戦跡の参道

ここに一枚の写真がある。真宗大谷派四日市東別院山門から参道を通り、本堂に向かって一大行列が入ってくる。モノクロではあるが、先頭の人が白、黒ののぼりを持っているのがわかる。その後ろの男性は、葬儀で供える白い仏花を手にしている。真宗のみならず、各宗派の袈裟《けさ》をつけた僧侶が、うやうやしく進んでくる。一般の人々は、みな黒っぽい服装だ。手を引かれて歩く幼児もいる。誰にも笑顔は無い。どうやら、葬送の儀式の始まりだと、私は理解した。

近隣の出征兵士や、無言の帰還兵達が、この参道を通って阿弥陀様へごあいさつのお参りをしたのだ。兵士の家族達も共に手を合わせ、決して口にすることができない思いを、阿弥陀様に託しただろう。

二百六、七十年昔、長方形の石組みで作られ整然とした参道だった。今は面取りされた楕円形に近い石、四角形、三角形、多角形と言おうか、自由自在（？）に割れている。石のすき間から雑草が出てきては引き抜かれ、それをくり返すうちに、石が盛り上がり、セメントで補修され、そのセメントも割れる……そして日々多くの人に踏み固められてきた。私も毎日この石畳の上をウロウロしている。この石達は、丈夫な肉体を持った兵士達を、戦に倒れた兵士の遺骨を抱いた家族達を、上目づかいに見守り続けていた証人だ。戦跡とも言えるだろう。

現在、四日市東別院本堂の大規模な修復が進んでいる。ここまで、踏んばって持ちこたえてきた石達を、一つ一つ生かした参道にしてほしいと願っている。

ロ、應召佛具《おうしょうぶつぐ》

二枚目の写真は、四日市東別院本堂の前につり鐘が並んでいる。その両脇に、近隣の各宗派の住職が付き添っている。私の夫の父（前々住職）も、無表情で立っていた。東西両別院の梵鐘《ぼんしょう》は、一きわ大きい。中央の階段に、広い三角形の打ち敷きが掛けられ、金物の花びん、香炉、金灯篭《とうろう》等、本堂の内陣を飾る仏具が置かれている。中央に、太字の毛筆で「應召佛具《おうしようぶつぐ》」と書かれた白い紙が下がっている。こんな四字熟語があったのか？　時代が生み、すぐ消えていったおかしな新語だ。でも、笑ってすまされない。

寺の内陣は、仏の国、上下の無い平等な世界、つまり極楽浄土を表すといわれる。「應召佛具」の中に鶴亀《つるかめ》のろうそく立てもあった。鶴亀の上で、ろうそくが身をけずりながら明りを灯す。そして、仏の慈悲の光を私達に届け照らしてくれ

供出された寺の仏具

るのだが……。

亀の上に乗った、鶴の背の円《まる》みがいじらしい。鶴は口を開け空《くう》に向けて何か叫んでいる。

「僕も亀さんと一緒に、ドロドロに溶かされ、兵器になってがんばるぞ」

ではないはずだ。亀も、ぶつぶつ言っている。

「戦争はいやだ!! お釈迦様は、二千五百年以上も前に『兵戈無用《ひょうがむよう》』、兵隊も武器もいらないと説いておられるではありませんか」

應召仏具は、南無阿弥陀仏の合掌の中、馬車に乗り、参道をガツンガツン傷めつけながら最寄の駅へ。そして貨車に積まれ、どこかの熔鉱炉へ……。

馬達は、大きな息を吐いていただろう。

やはりこの参道は、戦跡だ。

八、銃後《じゅうご》の坊守

門徒さんの墓地にて

母の夫である住職が命終したのは、昭和二十年（一九四五）一月、日本は敗戦への坂をころげ落ちる状態だった。住職が亡くなる九日前に、母は末娘を出産している。

子供六人と老人二人の養育に、寺を守る法務が加わる。悲しんでいる暇はない。彼女は、涙を振り払って立ち上がった。

国防婦人会だけでなく、自坊と向かいのお寺の女性門徒さん達と「大和《やまと》婦人会」を結成し、活動を始めた。東別院の大伽藍《だいがらん》を守るために清掃、草取り、そして別院の行事を手伝った。

ご門徒から戦死者の報告があると、母はお経を上げ遺族と歎きを共にする。

自坊の阿弥陀様、御絵像、過去帳等は、最も山深い門徒さん宅に疎開させてもらっていた。

阿弥陀様がお留守の本堂は、勤労奉仕のために召集された第七高等学校（現鹿児島大学）の学生達の宿舎になっていた。彼等は、近くの糸口山製作所（北九州小倉陸軍造兵廠《しょう》が被爆したので、宇佐市に移転した）へ早朝から夕刻まで、兵器やその部品作りに励んだ。育ち盛りの男子達の食事は、工場で出される朝・昼・夕一個ずつのおむすびだった。それも、麦・こうりゃん、というようにどんどん粗末になる。栄養不良状態の彼等は、苦情も言わず一生懸命だったと母から聞いた。同所で、近郊の中学生、女学生達千人程が、慣れない作業奉仕をしていたという。

二、掩体壕《えんたいごう》

宇佐市には、「豊《とよ》の国宇佐市塾」というグループが活動しており、昨年、宇佐市平和資料館を開館させた。早速見学に行くと、零《ぜろ》式艦上戦闘機21型（ゼロ戦）の原寸大模型が置かれ、まわりに多くの資料が展示されている。

市塾が入念に掘り起こしを続けているのが、宇佐航空基地を中心にくり広げられた戦争の事実だ。日中戦争が起こった昭和十二年（一九三七）から軍によって、海に近い柳ヶ浦《やなぎがうら》村付近の田んぼの接収が始まる。二年後に宇佐海軍飛行場が完成し、搭乗員の訓練が始まった。驚いたことに、昭和十六年（一九四一）のハワイ真珠湾攻撃に参加した隊員もいるそうだ。

昭和二十年（一九四五）に入ると、学徒兵を加えた特別攻撃隊の訓練基地になり、知覧《ちらん》、沖縄方面へ次々と出撃し、百五十四名もの搭乗員が戦死したという。柳ヶ浦の特攻基地は、米軍のガンカメラで空からしっかり撮影されていたので、三月十八日に続く四月二十一日の大空襲で、飛行場が潰滅状態になり、隊員その他関係者を含めて、三百二十人の死者が出た。遺体は、近くの駅館《やっかん》川の河原で、何日もかけて荼毘《だび》に付されたそうである。

市塾が出版している冊子『宇佐航空隊の世界　V』をめくると、ご門徒のエイ子さんの投稿があった。高等女学校二年生のエイ子さんに与えられた勤労奉仕は、ゼロ戦を格納したり整備をする掩体壕《えんたいごう》作りだった。コンクリートを、高さ七、八メートルの小山のように盛り上げ、入口はゼロ戦の形にする。コンクリートの外形は、軍人や大人が作るが、上に土をかぶせ草を植えて、カムフラージュしなければならない。その土を運ぶのがエイ子さん達の役だった。もっこと呼ばれる縄編みの用具に土を入れてもらい、四隅の綱に棒を通して二人でかつぐ。十三歳の少女には、重労働だったろう。

空襲警報のさ中、エイ子さんが目撃したことを、そのまま引用させてもらう。

> ブルン、ブルンとＢ29の音が聞こえてきました。一人一つのタコ壺式にとび込み伏せていました。
> すると近くの「わぁーわぁー」という声で立ってみると、八面山《はちめんざん》の右上空から八面山の方へＢ29の機体を後から、日本の小さな戦闘機が追いかけていたのです。みんなで「もう少しだ。頑張れ、頑張れ」と声援しておりました。

どんどん距離が接近して、八面山上空に来たとき、日本の戦闘機が体当たりし、パッと光ったと同時にB29も破壊され、共に落ちていきました。目の前でそんな光景を見て感動しましたが、自分の命を賭《と》して日本のために戦った兵士に胸が痛みます。（略）

八面山（標高五百九十四メートル）は、箭山《ややま》とも呼ばれ、県北のどこから見てもその特徴ある形が確認できる名山だ。かつて病に倒れた中学生が「八面山は、僕に勇気をくれる」と、便りをくれた。門徒さん宅をあちこちしていると、思わぬ所で八面山が顔を出す。が、その度に色合いは異う。太陽に照らされ凹凸がくっきり輝く近景が、私をわくわくさせる。ことに、花木が競い合って芽吹く山笑う季節は魅力的だ。

現在八面山の中腹には、大きなお釈迦様の涅槃《ねはん》像がましましている。

今は、稲穂が波うつ米どころに、十基の掩体壕が小さな点で散らばり、愛らしくもある風物詩となって、私を「おやっ」と思わせる。

宇佐平野の真中を貫く立派な道路、かつての滑走路だ。我が家から柳ヶ浦駅間を車で往復すると、両側にデフォルメされた特攻隊員達が並んでいる。

ある日、つるつるした石の球体の顔に、夕日のうす茜がちらっと照り映えた一瞬、彼等は何かを語った。

ホ、永代経《えいたいぎょう》

平成七年（一九九五）秋、寺の永代経《えいたいぎょう》法要で戦没者五十回忌を合わせて厳修した。

私が嫁いだ時から、本堂の上部に、若き兵士十二人の遺影が掲げられていた。

前住職（私の夫）が、過去帳に記載されている戦没者全員の法名・没年月日を書き出し、遺影と共に阿弥陀様の前に並べた。多くの門信徒さん達とお経を上げ、法話を聞き、おごそかに五十回忌を勤めることができた。その際、兵士の身内が遺影を実家に連れて帰ったのだが、一人だけ残っているのが気がかりだ。

この小規模な寺の過去帳に、三十五名の戦没者（戦死・戦病死）が記されていた。行方不明になったままの兵士、家族離散、移転等、さまざまな事情で寺に報告できなかった戦死者があると思う。

昭和二十三年（一九四八）に気になる民間人の記録があった。

・二十一年四月　満州にて死亡　男子四歳
・二十一年五月　満州にて死亡　男子三歳
・二十一年七月　満州にて死亡　男子の母三十歳
・二十二年九月　満州にて死亡　女性二十六歳

このように、旧満州で母子共に生きぬくことができなかった状況を、当時現地にいて見聞きした私にはよく理解できる。戦場から帰還した父親や夫が、寺に報告し法事を行ったので、過去帳に記載されたと思われる。門徒さんの中に、逃避行の山中で出産して子を亡くした人、背に負うた子に銃弾が当たり、命拾いした母親の話を、私は直接聞いている。

北部満州から、ソ連軍に追われた開拓団や、中国の内戦にまきこまれて居住地を失った人々が難民となって治安の良い南の大連をめざす。力尽きて倒れていく。彼等は、墓地に指定された大連郊外の小山に埋葬されたが、遺体の山は一つ、二つと増えていった。

そこに、四歳だった私の従弟も眠っている。

「あの子は、何のためにこの世に生まれてきたのだろうね」

と、随分前に、私の妹と語り合ったことがある。

この子を思う時、背後の山から、戦乱で命を落とした人々が、凍土を砕いてブルブルと立ち上がってくる。彼等の「戦争はいけません」の声がこだまする。

そうなのだ。これを叫ぶために、あの子は生まれてきたのだ。

人間には、見えないものを見る力、聞こえないものを聞く力があるという。今こそ私達はその感性を全開し、想像力をたくましくして、戦争で犠牲になった同胞の実態を見きわめる。そしてあの悲惨な戦争の要因をつきとめ、二度と戦争を起こさず平和を守る智恵を学びたい。

(三) おわりに

本年は、第一次世界大戦後百年で、死者一千万人と報じられている。第二次世界大戦での死者は、三千万人で、その中の日本人は三百万人を越えるという。ある新聞の統計によると、日本人の軍人・軍属の戦没者は、二百三十万人。その内、百十三万の遺骨が、家族のもとにもどらぬままだという。そして、兵士の六十パーセントが餓死だったとある。

民間人の死者は、はっきりした記録がないようだ。広大な大陸の各地に、埋められたままの幼児達は、戦没者の数に加えられていないだろう。

敗戦と一口で言うが、原子爆弾を二発も落され、日本人は徹底的に敗れた。だから、日本の庶民は、徹底した平和主義者だと、私は信じている。

平和な社会が約束されたからこそ、日本の大衆は黙々と働き、技術革新、経済発展をとげ、七十年間戦争をしない国だった。働く日本人に、「戦争はまっぴらごめん」という軸が通っていることが、表に見えなかったきらいがある。

老齢の門徒さんは、自分が戦争で被った辛さや不条理を語らぬまま、お浄土へ還ってしまう。あまりにもむごたらしい体験は、語るに語れないのだ。


これからの日本を荷う若者達に、広島、長崎、沖縄を我が身に引き寄せながら、昭和史を深く学んでほしいと、私は考える。働きづめの高齢者の来《こ》し方に、共に学ぶべき大切なもの「昭和史」が抜け落ちていた反省をこめて。

老コラムニストは、今後日本の進む方向を気づかい、「国民の政治に対する賢明さ」

を乞い願いつつ文章を結んでいる。

毎年やってくるこの日は、過去の現実をしっかり見つめ直す日だと思う。暦の上では秋だが、私達の世代の日本人にとって八月十五日は、命尽きるまで熱くて痛い夏の現実だ。

原点にかへれと掲示夏の寺　　凡女

念仏申さるべしとかかげて夏の寺

（二〇一三年　八月）

報恩講

座布団もお講布団も干しておこ　　　凡女

あの猛暑はどこへやら、底冷えの厳しい正月を迎えた。明けて四日から、門徒さん各戸で「正信偈」をあげる在家報恩講参りが始まる。車で廻る身にとって、雪が来ないのはありがたい。

「奥さん、二月の報恩講は私達が世話前《せわまえ》じゃね。私はご覧のように両足がうずいて、お手伝いが出来んごとなってしもうた」

読経が終わると、八十九歳になった一人暮らしのマキ子さんが言う。彼女の右脇に一本、左脇に一本杖が置かれている。

世話前のお同行と（後列中央　若き日の凡女）

私が寺に入った時、既にマキ子さんは寺に足を運んでいた。三十代の彼女は一きわ若く、しかも美人だったので私の目を引いた。ベテランの女性群の動きについていけず、端の方でとまどっていた。庭の木陰で、こっそりタバコをふかしているのを見たこともある。

報恩講の当番は、四地域割りなので四年に一度勤める役が回ってくる。その役を、この地では、世話前と呼んでいる。

マキ子さんが言う。

「私がこの家に嫁に来た時、お姑さんが病人だったから、すぐに報恩講を手伝うことになったんよ」

「ここの世話前では、マキ子さんが一番長く勤めてくれたね。もう充分よ。後の人達がやってくれるから心配しないで。ありがとうね」

するとマキ子さんの思い出話が始まった。

「報恩講が終わった打ち上げの夜、映画を観に行ったなあ」

「秋海座（町に一つあった映画館）に、チャンバラを観に行ったそうね」と私。

「違う違う。チャンバラじゃない。あの時観たのは、奥さん『愛染かつら』よ」

マキ子さんの声に力がこもってきた。目を細め、いい顔をしている。

「ところが奥さん、行きはよいよいで家に帰り着いたら、舅《しゅうと》さんから大目玉……。『来たばかりの嫁女《よめじょ》が、なんでこんなに夜遅く帰ってくるか！』とおこられて、こわかったの何の。お寺の奥さんがみんなを引きつれて行くから、私も行かんわけには、それに私一人で夜道を歩いて帰りきらんしと、いろいろ言い訳したけどな……」

こう話すマキ子さんは、笑顔を絶やさない。

聞いている私にも熱が入ってきて、以前から確かめたかったことを思い出した。これ幸い、私は尋ねた。

「マキ子さん、昔はお寺に大布団があったそうね。三畳ぐらいの大きさだったの?」

「そんなもんじゃない。そう、八畳はあったよ。それを、お座敷に上・下敷いて、四方から足をつっ込んで寝るんよ。一杯きこしめしたおじいさんや、次の日手伝う人達が、男も女も一緒にわいわい言うて泊ったんよ」

かく話すマキ子さんは、泊まることが出来なかったようだ。

大布団敷いて雑魚寝や親鸞忌　凡女

昔の報恩講は、一週間(現在三日)きっちり勤められたから、門徒さんの苦労がしのばれる。

五十年前、僻村のおじいさん達から、世話前のようすを耳にした。馬車に、米・味噌・薪・炭・野菜・漬物樽等を積み込んで出発する。参詣する同行達も乗せてくるから、馬車一台では足りなかった。

「雪道の峠越えは大ごとじゃったなあ」

現在の報恩講は、人も材料も車でスイスイ。何という変容だろう。だが、変らないものがある。寺で、僧侶と共に参詣者が読経し、法話を聴く、手造りのお斎をいただく。そして、同行達と交流し信心の確かめをする親鸞聖人のご正忌報恩講が続けられていることだ。

以前、母が世話前に指図をしていると、リーダー格の男性に叱られた。

「奥さん、私達が報恩講を勤めているんだから、ちょっと黙っていてくれませんか」

これは、私にとって衝撃的な場面で、あの強いお母さんが、こらえざるを得ないのを、気の毒に思ったものだ。リーダーの発言は、世話前一同が主体的に法要を勤めるという自覚の表れだ。

寺と門徒さんの関係は、多々摩擦があっても「御同朋御同行《おんどうぼうおんどうぎょう》」の場所へ帰る時を持つことができる。寺に、世話方というリーダーは欠かせない。問題を抱えながらも、互いに知恵をしぼり続けた営みの歴史を、今、私は尊く思えてならないのだ。

話を、今年の報恩講のようすに戻したい。台所に、当日畑から引き抜いてきた種々の野菜が、所せましと置かれている。昔懐かしい肥沃《ひよく》な土のにおい、ごぼうや生椎茸の香りが立ちのぼる。この情景を、私は毎回「宝船が着いた」と言う。

精進料理の盛りつけには、古い塗り物を頑固に使っている。一人一人高膳に、大根なます、きんぴら、俵形に握ったおから・のっぺい汁・かす汁・それに〝おひら〟と呼ばれるお椀に、みかん・丸ボーロ・お取越餡がそえられる。これらは、母の代と同じだ。昔のおひらは、野菜、椎茸、油あげ等の煮物だった。野菜の形を揃える手間を省き、それを〝きんぴら〟に代えて、おひらを現代風にアレンジしたのは、母の知恵だろう。

最近、若坊守手作りの、ごま豆腐の評判がいい。何年か前に、集まった野菜を生かしたアイデア料理をお願いしたところ、揚げ物が加わってきた。さつま芋、生椎茸、かき揚げ……今年の出色は、何といっても蕗の薹《とう》とれんこんの揚げ物だった。蕗の薹は、一人の女性が百個以上摘んできてくれた。れんこんは、近所の人が蓮池から掘り上げていたのを、ある当番さんが沢山いただいてきたと、後に聞いた。蕗の薹の早春を告げる香り、れんこんのシャリシャリした力強い歯ごたえは、法要をより豊かにしてくれたと感じるのは、私一人ではないだろう。

もう一つ、忘れてならないのが、女性達の漬物自慢だ。昔のように樽こそ抱えてこないが、報恩講には、毎年各々が作った漬物を持参する。ぬか漬・たくあん・白菜漬・高菜漬・奈良漬・味噌漬・浅漬け・葉唐辛子漬等々……漬物品評会の様相を呈し、若い人に作り方を伝授したりする。今年の、わらびと竹の子の味噌漬けデビューには驚かされた。

世話前が漬物をすすめお給仕をするのだが、好みの漬物で御飯が一層すすむというものだ。禁酒の侘しさを補って余りあるお斎風景だと私は思うのだが。
昨年から足を痛めている私が、唯一勤め得た役は、法要で唱和される仏教讃歌のピアノ伴奏だった。法要の最後になぜ、参詣者一同によって「恩徳讃《おんどくさん》」が、唱和され続けてきたのだろうか。

如来大悲の恩徳《おんどく》は
身を粉にしても報ずべし
師主知識《ししゅちしき》の恩徳も
骨を砕きても謝すべし

（親鸞聖人和讃）

恩徳讃には、いろいろな解釈があるようだ。ある先生が言われている。

「恩徳讃」は、親鸞聖人が自らの内なる頑強な妄執・我就の骨筋を粉々に砕くという叫びでしょう。

右の先生の言葉の続きを、私なりにいただいてみたい。

まず、自分自身を見つめ直し、限りなく起こってくる、己の煩悩に向き合うのが出発。親鸞聖人は、自らの骨筋を砕くほどに懺悔《さんげ》された。どうにもならない己の煩悩に気づき、腹の底から懺悔した時、頭が下がってくる。自然に手が合わされ、おまかせの念仏を申そうと願う他力信心への道が開かれていく。

我々に念仏を届けて下さった、お釈迦様はじめ諸菩薩・親鸞聖人他善知識《ぜんぢしき》への仏恩報謝の念仏を、ひいては一歩前を歩み成仏したご先祖に、感謝の念仏を申す身となりたい。

おろそかな生き方になりがちな私達が、年に一度の報恩講で「恩徳讃」を唱和し、己の信心を見つめ直すチャンスを与えていただいているのだろう。

老齢の先輩達が、今でも「報恩講さま」「ほんこさま」と尊ぶ所以だと思う。


世話前も解散する時がきた。

「じゃあ、四年後にまたね」

「私は、四年後はもう来れんかもしれん」

「もう一回は勤められるよ」

「そうかなあ～」

「どうしても来れん時は、若夫婦を来らせちょくれ」

「お疲れさま、ではまた」

手を振り振り去っていく世話前の人達、見送る寺族一同。門徒さんの後姿の背や足に、おぼつかなさが見られる。

でも、大丈夫、老いた先輩に付き添い分乗し、運転して帰る壮年の同行達が健在だ。

ああ、これが「恩徳讃」だ。理屈はいらない。門徒さん達が身をもって示してくれているではないか。私は、何とも言えない感動にしばし身を委ねていた。

聞法の雪解雫を気にしつつ　　凡女

親鸞忌終えし日よりあたたかに

（二〇一一年　二月）

けんぽなし

けんぽなしお講の客にもてなさん　　凡女

凡女句について、以下のように読みました。

そのまま読めばそのままだが、けんぽなしはそこらの尋常な果実ではない。心配と期待の入り混じった、ちょっとした冒険の前のような、果たしてうまくいくだろうかという決断の場面のような感じがします。

美しくもなく、上品とも思えず、奇妙奇天烈《きみようきてれつ》にひねくれた汚い種実。こんなものを出して喜んでもらえるだろうか。喜ばないお客、不審を覚える客がいないとも限らない。やめとこうか?

けれど、けんぽなしは同行《どうぎょう》の中ではよく知られたもので、その実を食した記憶、その懐かしい甘さの記憶を共有している仲間達である。喜んでもらえるはずだ？思いきって出してみよう！

緑人《ろくじん》

※けんぽなし
高木で、直径一メートル、樹高三十五メートルに達するものもある。秋に実が地面に落ちる。和名ケンポナシ。学名Hovenia dulcis Siebld シーボルトが、一八二七年三月二十九日岩屋山で採集。中国系三種、韓国系もある。（緑人氏資料）

緑人氏は今年十二月、大分県宇佐市四日市東西別院「お取り越し」に、突然現れた。実に四十六年ぶりの再会である。うす暗い雲が垂れこめてはいるが、寒気はおだやかな午前だった。

我が家の奥座敷に下宿していた頃の緑人氏は、採用されたばかりの新米高校教師で、元気な母が賄いを引き受けていた。今、目の前に立っている緑人氏は、髪に白いものが混り、全身に貫禄をにじませている。

渡された名刺には、なんと「ケンポナシ調査隊長」とあり、けんぽなしの実がカラー刷りされている。もう一つの肩書きは、日田市の「森林植物園ネットワーク理事長」だ。私が、「隣の西別院境内に一本ありますよ」と告げると、直ぐに隊員五、六人を引きつれて調査に行く。もどってくると、東別院境内の市商工会がテント張りで出している店先を見て廻る。数ある宇佐市名物の中に、百円分を束にしたけんぽなしが、ずらっとぶら下がっている。緑人氏等は大層喜んで、我も我もとデジカメに納めている。

やがて我が家の庭に目を移した緑人氏は、大きな切株に気づく。

三枚葉のめずらしい唐楓《とうかえで》は、大樹ながら真《しん》、副《そえ》、体《たい》が程よく伸びた枝ぶりで、ご先祖の熱の籠った手入れが忍ばれるものだった。黄、橙、紅が混じり合うちょっと趣の異なった紅葉の味わいは、どれ程多くの参拝者の目を楽しませたことだろう。掘り起した切株を処分し難く、庭石の上に置いたまま十年が過ぎた。

「この庭の芯になっていた、つうてん楓が枯れてしまいました」

と、私が言う。

「いやあ、見事な唐楓でしたね。二百年以上の大木だったから老衰死ですかねえ」と、緑人氏。

「住職が亡くなってすぐに枯れはじめた時は胸が痛くて……でもどうすることもできませんでした」私。

「先生（前住職）が、命綱をつけて、あの高い木に登り、一メートル以上も伸びた枝先を切っている姿が目に浮かびます」緑人氏。

「可愛がっていたお母さんと前住職の側に居るのだと、思うことにしました」私。

「凡女さんから、菩提樹を植えたいと相談されたことがありました。お釈迦様が覚られた印度のはちょっと……。日本でも育つような、菩提樹に似た木を心がけておきましょう」緑人氏。

唐楓（つうてんかえでともいう）

「凡女さん？　よくお母さんの俳号を覚えていましたね」私。

「いろいろ、お世話になりましたから忘れませんよ。凡女さんのぬか漬は最高でした」

母の存在感は格別だ。

「緑人先生は、日田の山林主の子息で、草花に詳しい……植物学者よ」

母と緑人氏には、花を咲かせる共通の話題がたくさんあったのだ。

「凡女さんに、けんぽなしの句はありませんか？」

母の句と、けんぽなし調査資料を交換する約束をした。私は、もう一本のけんぽなしが、門徒さんの山の奥深く、ひっそり立っていると告げる。

「また、探検にきます」

緑人氏は、勢いづいて去っていった。

母の二冊の句集の中に、唯一あったけんぽなしの句と、それに対する緑人氏の句評が初出の文章である。全く注目していなかった句に、意外な解釈を頂いた。

もっとも、結び「同行の中ではよく知られ……」のくだり三行は、全く同感だが。

私が寺に嫁いだ五十年前、ご門徒のおじさん達からお取り越しの思い出話を聞いた。雪の散らつく中、わずかな小遣銭を握りしめ十八キロ程歩いてきて、やっと別院に到着する。まず「仏様にお参りせんと買物してはならん」と親からきつく言われ、はやる気持ちをおさえて東西別院に参拝する。すぐに出店へ走り、真先に買ったのがけんぽなしだった。砂糖が手に入らぬ時代の、最高のおやつだ。口の中でぐちゃぐちゃ噛みしめ、甘みを吸い、口の中にたまった小さな種を「ペッ、ペッ」と吐き出す。

私も、五十年前「グチャグチャペッ」をやってみた。確かに梨のような香りと甘みを感じたが、一度きりで「ノー、サンキュー」だった。私は、おじさん達のようなお取り越しでの、かけがえのない記憶を持ち合わせていない。

毎年、遠い道のりを苦にもせず、家族と共にお参りする。人々の絆、仏縁が見えてくる。お取り越しの思い出話には、必ず「けんぽなし」が出てきて、門徒さん達の瞳は輝きをおびるのだ。

死ぬ間際に「けんぽなしを食いたい」と言って逝ったおじいさんがいた（緑人氏の記録）。このおじいさんは、けんぽなしを口にすると、昔のお取り越し参りにもどる。ひと足先に、お浄土で仏になっている、両親の懐に抱かれる思いにひたることができたのではないだろうか。

緑人氏の資料の興味ある点をあげてみる。

一、けんぽなしの方言は、全国的に多数あり、大分県だけでも次の通りだ。

てんぽこなし・ケンポン・ケンナシ・テンポンナシ。

日田市では、テンポコナシと呼ばれ日田独特の解釈があるそうだ。その実のように捩《ねじ》れた男・人間、若い頃は、捩れひねくれ偏屈で、曲がって食えないのが、年取って地上に落ちて甘くなってしまう……一生どうしょうもない男。ところが肯定的に見ればば複雑すぎて解からないだけで、本当はすごい男？……

二、「ロッテチューインガム（フラボノ）」

確かに、ガムの原材料の説明に「ケンポナシ抽出物」と書いてある。口に入れて注意深く噛んでみると、けんぽなしの皮の味が感じられた。

日本だけでなく、中国・韓国でも、薬草・茶・焼酎に加工されている。

三、「森林植物園ネットワーク」

近年の気候変動や鹿の食害等により、自然林の木々が枯れていく。杉・檜等の用材のみでなく、多様な植物を育てている。植物園に関心のある人や子供たちに呼びかけて、観察、植樹等の体験をしてもらい、自然林を復活させる運動を進めている。植物園では、絶滅危惧種《ぜつめつきぐしゅ》のけんぽなしの苗も育てており、写真を見ると緑一ぱいで、私は直ぐにでもあの大木の赤ちゃんに会いたいと思った。

四、文学に現れるけんぽなし

緑人氏は、『鉢《はち》かつぎ』『濱出《はまいで》草紙』『黒い雨』の書名を上げている。

私は、御伽草子《おとぎぞうし》（日本古典文学大系・岩波書店）を持ち出して、古典のにわか勉強をするはめになった。

イ、『鉢《はち》かつぎ』（御伽草子）

中昔《むかし》のことにや有《あり》けん。河内國《かわちのくに》、交野《かたの》の邊《へん》に備中守《びつちゆうのかみ》さねちかという人ましましける。……

右のように始まる。備中守の姫の物語だが、長文なのであらすじと、けんぽなしの出てくる一部を、原文で記す。

十三歳の姫の実母が、死の間際に姫の頭に大きな鉢をかぶせ死んでしまう。姫は、鉢が頭にくっついて離れないので、皆にうとまれ、継母には追い出され、あちこち苦労しながら生きていく。その後、立派な御曹司に見初められ、二人は結婚を決意する。しかし、周囲の妨害に合い、かけ落ち（？）を実行しようとしたその時、姫の鉢がはずれ、種々の宝物が出てきた。その中に「銀《しろがね》にて作りたる、けんぽの梨」とある。姫は、亡き母が観音様を信じていた利益《りやく》と喜ぶ。略

……略。若君《わかぎみ》うれしく思召《おぼしめし》、落《お》ちたる鉢《はち》をあげて見《み》給えば、二懸子《ふたつかけご》の其下《そのした》に、金《こがね》の丸《まる》かせ、金《こがね》の盃《さかづき》、銀《しろがね》のこひさげ、砂金《しゃきん》にて作りたる、三《み》つなりの橘《たちばな》、銀にて作りたる、けんぽの梨《なし》、十二ひとへの御小袖《こそで》、紅《くれない》のちしほの袴《はかま》、数《かず》の寶物《たからもの》を入れられたり。略

ロ、『濱出草紙《はまいで》』（御伽草子）
客人をもてなす際に、不死の薬である酒と共に、橘、けんぽの梨、柚《ゆず》等々……をすすめたとある。

〝みないろ〳〵になりつれて、その味はひはしゆみをなす〟

しゆみは、「乳の味・甘味」と解釈されている。

ハ、『黒い雨』（井伏鱒二・新潮社）
登場人物、閑間重松《しずましげまつ》その妻シゲ子、同居の姪矢須子の原爆体験記である。原爆病のうわさで、矢須子の縁談がうまくいかない悩みからはじまる。ピカドンと呼ぶ、得体の知れぬ爆弾による、広島での人類初体験なのだ。

夥《おびただ》しい罹《り》災者の軀《むくろ》、傷ついた生存者は同胞を葬らなければならない。せめてもと依頼され、重松は僧侶役になって読経し、遺体が荼毘《だび》に付されていく。

直撃を受けなかった矢須子に、黒い雨の影響で症状が出はじめる。重松夫妻は、心を尽くして治療を受けさせるが、思いもよらぬ様相を呈し悪化するばかり。医師をして「病気の怪物」と言わしめるありさまだ。

矢須子、重松の被爆日記と、矢須子の病状をからめながら話が進み、読む私の目前に、あの阿鼻叫喚《あびきょうかん》が再現されてゆく。

次に、点々と挿入されている、著者のけんぽなしの描写をあげてみる。

○重松の故郷の庭に樹容《じゅよう》が端麗《たんれい》なケンポナシの木が五本並んでいた。それを見た役人が、東京の街路樹にと、種子を求めた。(明治のはじめ)

○故郷の親族が、重松一家の供養のため(一家は全滅したと思われていた)、青葉(樒《しきみ》?)と線香を持って出発する際の母の言葉。

「重松はケンポナシが好きじゃったけに、ついでにケンポナシの実を持って行ってくだされや」

重松は、落ちてくるのを待ちきれず、青いケンポナシの実に小石を投げ、祖父に怒られたことを回想する。

「お袋が、ケンポナシの実を供物としてことづけてよこしたのは、回向《えこう》のつもりだったのだ」

○ひどい霧だから、庭のケンポナシの梢が夜空に溶けこんでいるように見えた。

○矢須子に聞かせられぬヒソヒソ話をするために、シゲ子が重松をケンポナシの根元に連れて行った。

○ムシムシする夜、ケンポナシの根元に涼台を置いて皆で涼む。滝じいさんが話しはじめる。

「むかしむかしその昔……このケンポナシの下に涼台を出し、宵涼みをしておったげな、そこへムジナが涼台の下から顔をのぞかせたげな、これやっこらさ」

と、矢須子を笑わせる。

重松が、「三帰戒」「白骨の御文（御文章）」等を拝読する場面で、私は少し安心し、所々でケンポナシの清涼剤を一服しながら、読み進むことができた。

読後に浮き上がったのが、著者怒りの意志、反戦、反原爆だ。

けんぽなしの実

広島のケンポナシ物語、これは井伏鱒二氏の幼少期から親しんできた実体験が元にあると思われるが、九州の念仏同行の思い出話と共通するものが流れている。

ケンポナシが、ここまで人々を引きつけるのはなぜだろうか。

天に向かって、大地から垂直にすくっと立つ大樹が、庶民に神仏との縁を結ぶ。

落ちた実の甘い乳の味は、さながら親《おや》さまと呼ばれる仏の宝珠の恵みと頂いて、味わってきた歴史が見えてくる。

全国各地に残る、ケンポナシ物語を収集するのも、調査隊員の意義ある仕事かもしれない。今後、ケンポナシの底力が、どう展開していくだろうか。

今回、緑人氏より私に「ケンポナシ調査隊・隊員証（終身）」を授与された次第である。

昨日より冬の紅葉と思ひ見る　凡女

それぞれに大樹の相や冬木立

（二〇一三年　十二月）

仏の子

春光に一つの命生れきし　凡女

立春も過ぎたというのに、身の芯にこたえる冷えが、みぞれのようなものまで連れてきて、私を震え上がらせる二月であった。

我が家に赤ん坊がやってきた。

住職夫婦に、七年ぶりに授かった三人目の子だ。

若坊守は四十二歳で高齢出産、医師から出生前診断をしますかと、問われたそうだ。

種々の困難が予想されるが、最後のチャンスだ。住職夫婦は、何としてもこの命を産み育てる覚悟を固めており、診断は受けなかった。

妊婦は、家事などで動くと早産の兆しが頻繁に現れる。主治医から、絶対安静を命ぜられ、後半は殆ど寝たきり状態だった。

出産は、予定日より二週間も早い二月二十日帝王切開術で、誕生日が決まった。その日まで、母子共に無事こぎ着くようにせねばならない。

「ガラス細工を扱うように大事にしなければなりませんね。でも、私もいろいろありましたが、今考えると赤ちゃん自身が生まれてくる力を持っているから大丈夫、もうひと頑張りですね」

と、高齢出産を体験したご門徒の奥さんが、杖を持って月命日参りをした私の背を、そっと撫で見送ってくれる。妊婦は、お腹の子を育《はぐく》みながら、精神的重圧にも耐えているのだ。

母体と赤ちゃん最優先の日々がつづく。住職と私に、心配の余り落着きを欠ぐピリピリ感が流れる中、二人の姉娘の喜ぶ様《さま》が救いだった。

折しも、二十七日からの報恩講が迫っている。寺の内外は、荒れてきた。「ご院家さん、心配しないで。私達が何もかもやりますから。若奥さんにドンとかまえて、元気な赤ちゃんを生んでもらって下さい」

今年の地区世話前のありがたい申し出を受け、甘える外ない。総代、世話方が中心になって当番表を作り、交替で来てくれることになった。

予定通り、二月二十日に二千四百グラムの小さいながら、元気な女児が産声をあげた。保育器の中で、おむつを当てられた裸ん坊が、左右の手を交互に、まるでクロール泳法の動き、どうやら姉達と同じ体育会系のようだ。

この子が生まれる四か月程前、母親がエコー写真を見せてくれた。横顔にピントが当たり、その鮮明さに驚いた。鼻筋がスーッと通って「美しい子だな」と思った瞬間、凡女さんの面影が浮かんだのだった。

生まれた子は美人だ。今は小さいが、凡女さんに似て、たくましい女性に成長するだろう。

翌日から、報恩講の準備が始まる。女性群は、屋内の大掃除、畳、ガラス拭きまで手際よく進めてくれる。障子の破れの補修、七十枚の座布団カバーも洗ってくれた。男性群は、境内の草取り、溝さらい、藪のようになっていた車庫周りを、草刈機で刈ってくれる。

つぎの日は、仏具のおみがき、お華束餅《けそくもち》つきだ。餅米の湯気にあおられ、係の女性達は汗だくになっている。八十五歳のおばあちゃんが、

「この年で、お寺へ行っても何も手伝えないと思ったら、する仕事があってよかった」

と、言いながら座布団カバーの端を押さえて、アイロンかけの補助役をしている。

一気に、寺がきれいになり、報恩講の準備が整った。

「奥さん、椅子に座ったままで、何かあれば言って下さい」

報恩講の三日間、私は、何と楽をさせて貰ったことだろう。

「お宅の報恩講は、お参りも手伝いも、若い人や男性が多くていいですね」

と、法中《ほつちゆう》僧侶の言葉を頂いた。ひとえにご先祖、それも寺とご門徒のご先祖のお陰だ。世代交替で、四、五人の若嫁さんが初参加してくれた。取りかかりは遠慮がちだったが、帰り際に「四年後も、また来ますね」と、心強い言葉を残してくれた。世話前の当番さん達が、責任を果たし終え、一斉に引き揚げていく。その後姿に、私は胸の内で手を合わせずにはいられなかった。


さて、寺の紅梅が見頃の枝下をくぐって、母親に抱かれた子の初帰還だ。紅梅が紅を濃くして、誕生を祝福してくれているのを、その時に私は気づいた。

小学三年と二年の姉二人は、大はりきり、二人の発案で「美那海《みなみ》」と名づけられた。私が「ラッ、ラッ、ラッ」と舌を鳴らしてあやしていると、上の姉が言う。

「ばあば、みなみちゃんは犬じゃないよ」

下の姉までもが、

「ばあば、あんまりみなみちゃんの側に近寄らん方がいいんじゃないの」

こにくらしい言い草。

「まるで、小舅《こじゅうと》みたいね」

と、母親が笑う。

「ほんとに、小舅が二人もいて難しいね」

と、私は口にしたものの、やきもちだと気づく。

「あんた達が赤ちゃんの時も、ばあばは、ラッラッラッと言ったり、歌ったりしてかわいがったんよ」

二人は「ふーん」というような反応だ。

そこで思い出した。私の長女に第一子が生まれた時のことを。

「お義母さんが『チョチ、チョチ、チョチよ』と手を叩いてあやすので、変だな〜と思ったら、お母さんも同じこと言うね」

と、娘が笑う。

亡き夫が、懸命に沐浴させていると、長女の指導が入る。

「両耳を強くふさいではいけない」

「耳たぶの後ろを、よく洗わないとだめ」

私のあやし言葉も時代遅れ、孫の育児に年寄りはうかつに手を出せないのだ。

新しい命を頂戴した寺に、パッと光がさした。御仏の光明だ。仏様からのお預かりもの、まさに「仏の子」である。

「みなみちゃんは、ピアノが上手な子になって欲しいな」

と、私の口から出た。おっと、いけない。余計なお世話だ。両親が、ついているではないか。

だが、すぐに私の煩悩がざわめきはじめる。母凡女の時代に比べると、寺の制度も進歩し、女性住職が認められるようになった。三人姉妹の中で、誰か一人は女性住職になって、ご門徒さんと共に、この寺を守ってくれるだろう。こう思うのも、己を都合よく納得させようとしている、私の煩悩だ。

稚児行列（蓮如上人五百回御遠忌福円寺）

三人娘の前途に、これだけは願う。

〝戦争の無い世の中であることを〟

一つの命は、多くの人々に助けられ、守られ、それに数えきれぬ程の好条件が整ってこそ、世に誕生する。すべて、不可思議なご縁であった。決して当たり前の出来事ではないと、つくづく実感した。

四月も半ばを過ぎると、赤ん坊は四千グラム程になり、私の腕で抱き上げるのは困難になってきた。顔を見るだけでいい。泣き声が聞こえればいい。それだけで、私に力が満ちてくる。

こうして人間は、生まれ代わり死に代わりして、仏になっていくのだなあと思う。長い長い、人間の歴史的歩みが続いている。私の脳裏に「無始已来《むしいらい》」「久遠劫《くおんごう》」という仏教語が浮かぶ。

御仏の間の次の間は雛の間　凡女
逃げる子に追いかける子に花吹雪

（二〇一五年　四月）

月《がつ》愛《あい》三《さん》昧《まい》

老いさびし夏行最後と思わるる　凡女

「今年が最後かもしれんから、行ってきます」

母は、こういって出かけるのが常だった。

「また、また同じことを」と、私達は気軽に送り出したのだが、平成二年（一九九〇）の夏行は、母の言葉通りになってしまった。

母は、夏行《げぎょう》の四国路を吟行しながら、余りも身にこたえてこれが最後と実感したのだろう。だからこそ、この句が口から出てきて、同人誌『蕗』に投稿したのだと、後に分かる。だが、母の気力の弦はピンと張っていて、私達に体調不良の素振りは、全く見せなかった。

母には、夏行の後にもう一つ、何としてもやり遂げねばならないお役目があった。十一月初め、大分県俳句連盟の大会で選をするのだ。紅一点の選者として、毎年いそいそと、大分市へ出かけていた。前年までは、

「投句数がものすごく多いけど、私はちっとも疲れない。楽しいのよ」

と、言っていたのだが。

大会を終えてからの母は「体がきつい」と訴えはじめる。検査を受けると、ただちに救急車で医師会病院へ搬送となった。十一月十二日午後のことだ。翌日、主治医の診断が出る。

「腎不全による尿毒症です。それが原因で、極度の貧血が見られます。このままだと、余命一週間です」

そして、続ける。

「治療法は、人工透析しかありませんが、高齢だから耐えられるかどうか……。どう

しますか?」

「このままだと、一週間の命?」

私達は、透析を決断する外なかった。室内に運び込まれた透析機器は、私の目に大仰で、恐ろしく映った。満八十六歳を迎えようとしている母が、つながれた管に流動する自分の赤い血を目で追いながら、長い長い時間を耐えた。

その後の母は、

「ああ、気分がよくなった。命拾いしました」

見舞いの人々に、こう言って喜ぶ。

「華子さん、今日は口紅の色がきれいですね」

と言って、お弟子さんを照れさせる。孫娘が、こっそり味噌汁を作ってくると、薄味だが「おいしい」を連発するまでになった。

こうなると、母は温めていた計画の実行にかかる。第二句集出版に向け、多くの句ができていたのだ。

母の師『蕗』主宰の倉田紘文先生が、編集と出版のすべてを引き受けて下さった。タイトルは、私の夫にまかされ「月愛三昧《がつあいさんまい》」に決まる。

涅槃経《ねはんぎよう》の中に「月愛三昧」という言葉があります。逆悪の亜闍世《あじやせ》王を救うため如来様が与えた大慈悲の光明です。

〝よく衆生をして善心を開敷《かいふ》せしむ。この故に名づけて月愛三昧とす〟

（真宗聖典二六一頁）

月愛三昧という言葉あり月仰ぐ　凡女

み仏の摂取不捨の光明により、目覚めた具縛《ぐばく》の凡愚《ぼんぐ》の喜愛心。母は月愛三昧という言葉が大変好きでした。（略）

「月愛三昧」あとがきより　尼子　哲也

十二月十日、倉田紘文師のご尽力により、『月愛三昧』はできあがり、句友の手に渡った。

母の後半生の師である紘文師は、この上ない母の理解者である。師の序文によって、母の一句一句が輝きを増して立ち上がってくる。

「月愛三昧の序」（抜粋）倉田　紘文

……（略）

まんまろき月の出ている親鸞忌

僧俗の月美しき親鸞忌

感謝即報恩なれや親鸞忌

凡女さんの俳句の核は、なんといってもみ仏への報恩の思いである。「親鸞忌」のこれらの句々は、さながら凡女さんの独壇場である。〈感謝即報恩〉……この深く尊い思いがいつも心にあり、その心持で物に対するからこそ、凡女俳句は常に温もりを伝えてくるのであろう。

椿の実つやつやとして二三十
まみえたき人にまみえて春の風
美しき月日の二日はじまりし

椿の実（自然）を見るときも、人（人の世）に会うときも、そして流れゆく歳月（天地）に対しても、その心の向けかたは全く変わりがない。いつもやさしく、いつもあたたかい眼差しなのである。

雪明り障子明かりの中にあり
月ありて梅美しき今宵かな

朝の花夕べの花と寺に住む

他に対してのそのやさしさは、清らかさを伴って我が身へと流れ込む。そして〈雪月花〉の風流が自身の心身を遊ばせてくれる。〈月愛三昧〉のその大慈悲がここにも及んでいるのであろう。羨ましきかぎりのその生き方である。

俳諧の道を一途に老の秋
俳諧の客百人も講の客
何もかも忘れ上手や老の秋
木の葉髪心の乱れ何もなく

み仏への信仰と、俳諧への傾倒が無理なく溶け合っている。この姿こそ、この心こそ、誰もが欲しているところではなかろうか。（略）

『月愛三昧』が上梓されてからの母は、「凡女の俳句は、これでおしまい」とでも言うようなすっきりした顔付きになった。

「もう、そろそろお寺へ連れて帰っておくれ。福円寺の阿弥陀様の側で、念仏申したい」

「そうじゃなあ。正月には、帰れるかもしれんなあ」

母と夫は、こんな会話を交している。だが、年が暮れゆくにつれ、母の願いに反する方向へ、病は進んでゆく。

平成三年（一九九一）の新春を迎えた。延ばし延ばししていた、二度目の透析が施された。その効なく、母は眠り続ける。

一月十一日夜半、母の脈が一気に弱まった。熱発していて、全身燃えるようだ。主治医が、「もう間もなくです」と宣告。そして、いよいよ最後の治療に入った。

「人口呼吸器をつけますから、意識がもどるかもしれませんよ」

母の臨終の言葉を、聞き逃してはならない。母が大きく目を開けた。パチパチと二

県芸術祭俳句大会の選考風景

度瞬きしたが、何も語らず、再び眠りに落ちてしまった。やがて母の一息が、静かにお浄土へ引き取られていった。

外は闇だ。私は、夫の車の後部座席右側へ腰を降し、母の上半身を抱く。下半身は、左側へ安定させてもらう。

寺へ向かって、夫は無言で車を走らせる。私も無言。暗闇の中、母の顔は見えない。

私の膝と腕が熱くなる。母はすべてをまかせて、私に抱かれていた。

（二〇一二年　三月）

あとがき

母凡女は、平成三年（一九九一）一月に命終、三月に私は教職を辞し坊守になりました。

とまどう私に、住職（夫）が言ったものです。

「お母さんの通りにやろうとせんでもいい。自分の思うがままでいい。ただ、まじめに勤めれば門徒さんは理解してくれるよ」

それから十年経て、夫も去りました。

現住職（長男）と法務にたずさわり、日々、月命日参りを続けています。

母は話し好きで、私がろくに相槌を打たなくても、大きな声で一方的にしゃべっていました。

現在のお参りは、どこまでも舗装された道路を、車で進む楽な道中です。母が赤ん坊を背負い、小学生の夫を従え徒歩で越えた峠、山々の形は殆どそのままです。

このところ、猪よけの防護柵が田んぼを囲んでいるのは、母が目にしなかった景色でしょう。

「今日は、お寺の坊《ぼん》ちゃんが来る。一緒にご飯を食べて、一緒に寝られると楽しみに待っていた」

七十代の門徒さんの口から、夫の思い出話が出てきたりします。つい先日、香宿《こうやど》だった門徒さんが、庭の枯池の隅に置かれた松の盆栽を指して、これは前々住職（夫の父）のかたみに貰ったと言います。

「今は全く手入れができませんが、昔はおやじが大事にしていました。小学校の入学式、卒業式に借りに来て演台の上に飾ったんですよ。鉢の底から出た根が、土深く張っていて動かすこともできません」

なるほど、大地の養分を充分吸い上げたグリーンは、庭の一アクセントとしての魅力を発しています。この庭に、松と父がしっかり生きている、私は胸が高鳴りました。ある家の主《あるじ》は、住職が泊る前日、隣り町（中津）まで行き、料理の材料を買い整えて、もてなしたと聞きました。その家の仏間のふすま四枚に、寺の先祖の豪快な書があり大切にされています。百年以上前の住職が、お礼の気持ちで筆を持ったのでしょう。自坊に無い物なので、私はお参りの度に、この書に目で挨拶をして帰ります。世代交替した門徒さんと私の交流は、すべて、母のおしゃべりとつながってくるのが、不思議でもあり喜びでもあります。

私が入寺した五十年前、ある謎を感じました。それは、母と門徒さん達との会話に、これまで私が耳にしたことのない空気感があるのです。親戚でもない……親しさの質が違う。これは何だろうと思ったものです。母が女性住職的立場であったことや、母の性格にもよるでしょう。

よく考えてみると、母の前を歩んだ人達、時代ごとに住職・坊守と門徒さん達が、受け継ぎ手渡してくれた幾百年がある。親鸞聖人がいわれる「御同朋《おんどうぼう》、御同行《おんどうぎょう》」としての仏縁の年輪に気づかされ、謎が解けてきました。

母と暮らした三十年を、思い出すままに書きとめて八年になります。母から多くのものを学びました。そもそも「正信偈《しょうしんげ》」「阿弥陀経《あみだきょう》」読誦《どくじゅ》を、母に手ほどきして貰い、半ば強引に得度《とくど》を推められ、今日の私があるのです。凡女俳句が、四季折々の彩《いろど》りをちりばめ助けてくれたお陰で、このエッセイを紡ぐことができました。

凡女さんの歩んだ〝一坊守の女の一生〟を描き尽くすことはできません。このエッセイから「母へのオマージュ」と申しましょうか……私の母への感謝と讃辞をくみとっていただければ幸いです。

苦難の母を支え続け、共に歩んで下さった門徒さんと、門徒さんの御先祖様に、この場を借りて厚く御礼申し上げます。

最後に、この原稿を読まれ、積極的に出版を進め、刊行して下さった郁朋社社長佐藤聡様に深謝致します。

俳句六十句　尼子凡女

第一句集「小春日」より三十句（昭和二十二年〜昭和五十年）

臘梅に雀のたかりお元日
大どんど二つの煙なゝめなる
日脚やゝ伸びしと思ふ一廻向
正方形長方形や若布干す
杉苗の荷の駅頭にころがりて
久留米つゝじ誰彼も買ふわれも買ふ
茶山見ゆ駅の車窓に新茶買ふ

筍を提げて仏事の使かな
仏飯も豆飯つゞき寺を守る
床の薔薇くづれ散る夜の更けにけり
お田植の種子まき籾の飛んで来し
お住持にボート漕がせて浮巣見に
梅の実の落ちて大地は水ふゝむ
端居する人のうしろに来て座る
一日は法衣ばかりの土用干し
大西日背にして神輿進み来る
荒神輿今は静かにお旅所に
棚経を蚕棚左右の中に誦す
秋蚕飼う人の蚕の匂ひかな
底霧に育ちて低し藤袴

青桐のかげなほたのむ残暑かな
蒼然と野はひぐらしに暮れ行けり
たちまちにいま瀬の本を霧包む
霧晴れし火の山二つ相対す
開拓の村のさかりの蕎麦の花
下り簗ありたる跡と云ふところ
落鮎が心当なり耶馬に入る
斬くは小暗き小路鵙猛る
短日や仏仕への今日も暮れ
永劫の過去のつながり除夜の鐘

第二句集「月愛三昧《がつあいさんまい》」より三十句（昭和五十一年〜平成二年）

信は新なりと聞くなり老の春
ゆっくりと畦まっすぐに畦火燃ゆ
山の蝶るりしじみとは美しき
狐鳴く村とも聞きし桑芽吹く
蝶一つ著莪に遊べる磨崖仏
天平の礎石礎石に春の雨
丹波栗四五個ならせて苗木市
朝毎の一梵鐘の明易し
三経のしばしの憩ひほととぎす
時鳥よく啼く墓所と記憶せん

法窟の若葉明りと云ふ暗さ
どくだみの花白ければ闇親し
噴水の浮葉ゆさぶる波おこり
かたまりて散らばりて鴎機嫌よく
蓮ひらく寂光浄土ここにあり
緑蔭に流人刻みし仏かな
御流罪の哀しき歴史大夏木
噴水に吹き上げられし夏の雲
陶工に散りてをりたる沙羅の花
舟二三大秋潮の渦の中
赤のまゝ一群生や古墳群
蔵さるゝ一切経も虫の闇
闇の夜の深きに馴れて虫を聞く

蕗 150 号記念俳句大会　S59.8.26 ～ 27　B班　於　比叡山延暦寺
２列目中央倉田紘文師（赤バラ）と遠入たつみ師（白バラ）
前列右から５番目凡女

刈田よりとび来し蝶の句碑よぎる
百穴の一つを覗き冬すみれ
枯蔓の岩にからみて観世音
一瀑をおろがむほとり冬苺
寒鮒をもらひ家族の小酒盛り
円き葉に積みたるまろき雪ありし
大晦日雪卆然と降って来し

【尼子凡女・かずみ　プロフィール】

尼子　凡女（本名 尼子キチ 1905 ～ 1991）

真宗大谷派福円寺坊守。1945 年住職没後住職、坊守等寺のすべての法務にたずさわり五男、二女を養育、真宗大谷派全国坊守副会長歴任。1947 年より俳句を始め、遠入たつみ、高野素十に師事、素十「芹」発刊と同時に「芹」会員となる。素十没後、倉田紘文師「蕗」会員。地元宇佐「夏山句会」主宰。大分県芸術祭俳句大会の選者。
句集「小春日」「月愛三昧」

尼子　かずみ（1936 ～）

1936 年中国東北部に生まれ、幼少期を大連で過ごす。終戦により両親の故郷大分県に引き揚げる。長年大分県公立学校教諭として勤務し、1962 年結婚により福円寺に入寺。1991 年退職、坊守として現在に至る。
著書「沈黙のしずく —画家横手貞美の生涯—」

坊守《ぼうもり》の四季《しき》　—女住職《おんなじゆうしよく》のさきがけ・俳人凡女《はいじんぼんじよ》—

2016 年 4 月 21 日　第 1 刷発行

著　者 — 尼子《あまこ》　かずみ

発行者 — 佐藤　聡

発行所 — 株式会社 郁朋社《いくほうしや》

〒 101-0061　東京都千代田区三崎町 2-20-4
電　話　03（3234）8923（代表）
ＦＡＸ　03（3234）3948
振　替　00160-5-100328

印刷･製本 — 日本ハイコム株式会社

ISBN978-4-87302-621-3 C0093